风俗随谈

FENG SU SUI TAN

周越然 著

北方文艺出版社

图书在版编目（CIP）数据

风俗随谈 / 周越然著. -- 哈尔滨：北方文艺出版社，2019.6
ISBN 978-7-5317-4516-7

Ⅰ.①风… Ⅱ.①周… Ⅲ.①杂文集－中国－现代 Ⅳ.① I266.1

中国版本图书馆 CIP 数据核字 (2019) 第 080439 号

风俗随谈
Fengsu Suitan

作　　者 / 周越然	
责任编辑 / 路　嵩　富翔强	封面设计 / 琥珀视觉
出版发行 / 北方文艺出版社	邮　编 / 150080
发行电话 / (0451) 85951921　85951915	经　销 / 新华书店
地　　址 / 哈尔滨市南岗区林兴街3号	网　址 / www.bfwy.com
印　　刷 / 北京洲际印刷有限责任公司	开　本 / 880mm×1230mm　1/32
字　　数 / 217千	印　张 / 9.5
版　　次 / 2019年6月第1版	印　次 / 2019年6月第1次印刷
书　　号 / ISBN 978-7-5317-4516-7	定　价 / 36.00元

周越然的书

陈子善

日前在深圳见到一位收藏界后起之秀,他出示一份所藏清代以降藏书家手札目录,自朱彝尊起,至黄永年止,名家汇集,洋洋大观。但笔者发现其中有个重要的遗漏,周越然并不包括在内。应该指出的是,周越然墨迹存世很少,也是不争的事实。

余生也晚,知道周越然的名字已在1980年代后期了。那时为搜寻张爱玲作品,查阅1940年代上海的《杂志》《风雨谈》《古今》《天地》等文学和文史掌故杂志,经常见到周越然的妙文。后来又在旧书摊上淘到周越然的《书书书》《六十回忆》等著作,始知周越然并非藉藉无名,等闲之辈。然而,我们已经把他遗忘得很久了。

周越然(1885—1962)原名文彦,又名復盦,浙江吴兴(今湖州)人,藏书家、编译家、散文家和性学家。他是清光绪三十年(1904年)的秀才,又是南社社员。曾执教江苏高等学堂、安徽高等学校和上海中国公学等校,是严复弟子,为辜鸿铭所赏识,戴季陶则向他从过学。他精通英语,1915年起任职商务印书馆编译所英文部近二十年之久,编译各类英语教科书和参考书籍三十多种,尤以《英语模范读本》销数最大,几乎垄断当时全国的中学语文课本。他

1940年代专事写作。1950年代先后在上海水产学院教授英语和从事图书馆工作。

根据现有资料可知，周越然生前出版了《书书书》（1944年5月上海中华日报社初版）《六十回忆》（1944年12月上海太平书局初版）和《版本与书籍》（1945年8月上海知行出版社初版）三种谈书的书，《情性故事集》（1936年7月上海天马书店初版），《性知性识》（1936年7月上海天马书店初版）二种谈性的书。虽然还不能说周越然已经著作等身，但如果说他著述甚丰，影响不小，却是完全符合史实的。

由此可见，周越然是早该进入文学史的人物。1980年5月台北成文出版社出版的刘心皇著《抗战时期沦陷区文学史》里就出现了周越然的名字，称其"藏书有外国古本，中国宋元明版，中外绝版三种。数量之多，更是惊人"。这大概是文学史著作首次写到周越然。1995年2月上海人民出版社出版的陈青生著《抗战时期的上海文学》里也写到周越然，特别对周越然的散文给予颇高的评价。此书论及上海沦陷时期的"清谈风"与"怀旧热"散文时，给周越然以相当的篇幅，认为周越然的"书话""专谈古书版本流变及伪赝'古书'的识别，举证周详，论列精细"，而周越然"将有关'书'的广博见识，用半文半白、亦庄亦谐的文笔写出"，"在中国古今同类散文小品中，显示出承前启后的独特个性"。至于周越然的"忆旧散文"，也自有其风格，"没有严密的秩序，忆及即写，散漫随意"，"下笔也比较自由，叙已述人或谈事载言，虽未必确切周到，却不失真实生动"。这是内地文学史著作写到周越然之始，都不能不提。

自1990年代中期起，随着内地出版界思想的解放，选题的多样，重印周越然著述逐渐付之实施。据笔者粗略统计，已经出版的周越然著述有如下七种：

《书与回忆》（1996年9月辽宁教育出版社初版）《言言斋书话》（徐雁等编，1998年9月陕西师范大学出版社初版），《周越然书话》（陈子善编，1999年3月浙江人民出版社初版），《言言斋古籍丛谈》（周炳辉编，2000年2月辽宁教育出版社初版），《言言斋西书丛谈》（周炳辉编，2003年3月广西师范大学出版社初版），《夹竹桃集：周越然集外文》（金小明、周炳辉编，2013年3月中央编译出版社初版）。

这些周越然作品集当然各具特色，对传播周越然其人其文所起的作用自不待言。但是，除了集外文的发掘整理，它们大都是重新编排的选本，而非周越然著作的初版原貌。这是一个明显的不足，因为读者无法从中得见周越然自己编定的集子，也即无法品尝周越然作品集的原汁原味，不少读者对此深以为憾。

从这个意义讲，北方文艺出版社此次新版"周越然作品系列"，首批印行周越然生前编定的五种作品集，就令人大为惊喜了。不但周越然脍炙人口的《书书书》《六十回忆》《版本与书籍》三种据初版本重印，《性情故事集》和《性知性识》两种生动有趣的性学小品集更是1949年以后首次与读者见面，极为难得。此后还将陆续印行《修身小集》《文史杂录》《古籍丛谈》等周越然集外文辑。"文字飘零谁为拾？"这部真正是原汁原味的《周越然作品系列》的问世，正好较为圆满地回答了百岁老人周退密先生当年的诘问，也必将对周越然研究有所推动。

也许因为笔者以前编过《周越然书话》，王稼句兄不弃，嘱为北方文艺出版社这部颇具新意的《周越然作品系列》写几句感言，拉拉杂杂写了以上这些话，聊以塞责，不当之处，谨请高明指教。

丙申初冬于上海梅川书舍

目 录

辑一：中土风习

洪武宝钞 / 003

大与小 / 005

湖州之骂人语 / 006

"天不怕" / 007

老古话 / 009

合乎？分乎？ / 011

轻视黄种人 / 012

花艇 / 014

长沙老人 / 015

"杨""羊"同音 / 016

青浦 / 017

唱拳 / 018

铜元十枚 / 020

"孔夫子" / 021

酒与菜 / 022

命不如人生得低 / 024

活修辞学 / 025

自骂自 / 027

猛猛宽宽 / 028

乡下人 / 029

李氏之言 / 030

辞乱 / 032

女人交易 / 033

乌毛龙 / 034

001

仵　寨 / 036	资遣其余而留其一 / 072
风花雪月 / 037	鼠　疫 / 073
闰　哥 / 038	跳　鬼 / 074
硕德乃仰 / 040	粤人不肯留须 / 075
妙　语 / 042	羊城三大 / 076
游秦淮河 / 044	好胜嗜利 / 077
秦淮妓 / 046	粤人好吃 / 079
粤之妹仔 / 048	南周游安南 / 080
粤省之贼 / 050	政治勿修 / 082
黄埔中之妓船 / 051	返钦州 / 084
王韬在香港 / 053	清光绪初粤省之戏 / 085
第一好戏 / 056	自求多福 / 087
在北海打水碗 / 058	戒　淫 / 089
北海送灯 / 060	赌　博 / 091
廉阳妇女 / 062	冤鬼索命 / 093
瞽目单眼 / 064	苏州被轻视 / 095
摆七巧 / 066	灵魂说 / 097
赤　颏 / 068	中西妻妾 / 099
西关妈 / 069	论教育 / 101
做人家莫便于粤 / 070	对联学书 / 103

治家之道 / 105

学做好人 / 107

命　运 / 108

辑二：殊方风月

打屁股的堂子 / 113

《按摩女日记》提要 / 114

《摩女日记》之一节 / 116

西"妓"字汇 / 118

妓院字汇 / 121

西妓收入 / 123

妓　术 / 124

十个男子 / 125

岛女自述 / 126

院内告白 / 128

谁是主人？ / 129

黑　妓 / 130

"妓"之西义 / 131

牝伯之种类 / 132

外来女 / 134

何为娼妓？ / 135

博士与野鸡 / 136

国王之情妇 / 137

牝　妓 / 138

西洋报纸 / 140

禁与不禁 / 141

西妓之价 / 143

意志禁妓 / 144

靠妓吃饭 / 145

最奇之交 / 146

龙灯一女 / 147

常　妓 / 149

贝可乐 / 150

彭　通 / 151

就在此地罢 / 152

奇　答 / 153

希　腊 / 154

美国之向导社 / 155

出　款 / 157

妓不生子 / 159
牝伯 / 160
何故为妓？ / 162
花儿 / 164
中世纪浴堂 / 165
假香屁 / 166
"马立" / 167
六个名称 / 169
骂妓诗 / 170
西土之暗娼 / 172

辑三：世间风景

香艳书籍 / 177
阴名铨解 / 180
另一阴名 / 182
险哉机器人 / 183
寓工于学 / 184
"怠困歇" / 185
皇帝著书 / 187

英语与俄人 / 188
"晶"字之西义 / 189
欧西秘图 / 190
牛羊尿粪 / 191
"死不离地"考 / 192
何尝如此 / 193
酒鬼 / 194
"盍来拜拜" / 195
关于"至圣译名"的通信 / 196
扎火囤 / 197
奸杀 / 199
二十五问 / 201
墓碑上之怪语 / 204
最恶之城 / 205
英人之言 / 207
酒之为害 / 208
时间最短之战 / 209
各有目的 / 210
四本头 / 211

三本好书 / 212

安逝园 / 214

韦尔士之著作 / 216

狗能饮酒 / 218

辑四：游宴风味

游京杂记 / 223

怕打者，骂拜者 / 225

放生（游杭杂记） / 227

在苏州六小时 / 230

男八女三 / 233

"沉由竿" / 236

幕前喜剧 / 238

聚餐会 / 240

五五会 / 242

返湖记 / 243

九六寿宴 / 246

游小上海 / 247

凉船中之一剧 / 250

吃鸭面 / 251

头两日 / 253

千头万绪 / 255

"我是女人" / 262

天天请客 / 265

"乌都督……"
（到杭州去） / 266

往返申杭 / 267

申湖间 / 268

大小两不料 / 270

"男姓程……" / 272

酒馆消息 / 275

吴中文献 / 277

西会一瞥 / 280

西始西终 / 281

海上书市 / 283

酒市不衰 / 285

阿 祥 / 288

编后小记 / 290

辑一

中土风习

洪武宝钞

余近收得明初宝钞一纸，物极罕见，兹特抄录其文字，并将其花文印记说明之如下，以供研究掌故者之参考焉：

此宝钞用厚皮纸印成，乌丝龙形栏，其广约一英寸半，栏外空白约广半英寸，全纸高约十三英寸，广约九英寸；壹贯二字及钱形上盖一朱印，又文字上亦盖一朱印，两印尺寸相等，似为一印，其文字无可辨认；年代已久，纸成深灰色，不能摄影。

查明律，"凡印造宝钞，与洪武大中通宝及历代铜钱，相兼行使，其民间买卖诸物及茶盐商税诸色课程，并听收受，违者杖一百。若诸人将宝钞赴仓场库务折纳诸色课程，中买盐货，及各衙门起解赃罚，须要于钞背用使姓名私记，以严稽考。若有不行用心辨验，收受伪钞，及挑剜描辏钞贯在内者，经手之人杖一百，倍追所纳钞贯，伪挑钞贯烧毁。其民间关市交易，亦许用使私记。若有不行子细辨验，误相行使者杖一百，倍追钞贯，止问见使之人。若知情行使者，并依本律。"

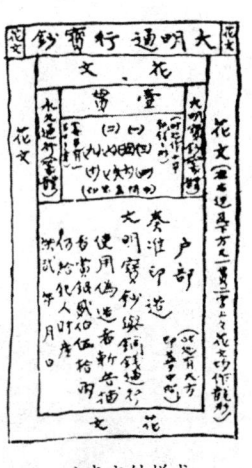

洪武宝钞样式

余之劫余藏书中，有伪造宝钞判语一则，不知何人所作，其辞尚古雅，今录于后：

太公设九府之法，布帛攸行；汉世权一时之宜，鹿皮乃造。盖公私值乎空乏，而子母调以重轻。今某以匹夫之微，窃九重之柄。边栏贯例，尽竭蹈袭之工；字样花文，深得裁成之妙。辄收辄有，不须工部文移，随制随盈，何俟徽池纸札。龙子利心登垅，实缘此辈肇端；许行市价相欺，因是贱夫作俑。告人充赏，造者伏诛。

余今有一事，请教阅读《晶报》诸同志，设自洪武元年（一三六八）起，每周利息依四厘计算（复利），至本年底止，此一贯钱应值几何？可否乞精于算术者一推算之。

原载一九三三年五月六日《晶报》

大与小

"大众语"与"小滑头",是一副绝妙对联,惜余不善书,否则当用上等宣纸立时缮写,赠与杞柳先生。

大众语,即"国内上上下下,男男女女,不论受教育者或未受教育者;北自伪满,南至香港,……众皆用以表达思想之工具"之意,因此,吾国的"大众"太众了,恐怕他们的语合起来是不成"语"的,弄得不好,反变了"巴别"(即 Babel,典见《旧约·创世纪》第十一章)。数十年来,英美人闹改良拼法(reformed spelling),不知废去多少纸张,结果是用旧拼法。言语与政治,本是逐渐生长,逐渐改进之物,非立时可以定制者也。

妻骂夫,本是极普通之事。湖州人骂夫,有用"死人"者,余少时于街上常闻之。"老甲鱼""老素菜"[①]是苏州语。最毒之妇人,骂自己而不骂丈夫;余前有一远亲,性甚急,一不满意即向其夫曰:"我将来必定做寡妇的"。后果然。

妇人以龟骂夫,想是恨其性力不足之故,(性力不足,西名"阴不登"impotent),决非自认犯奸也。西国男子最忌其妻加以此名,竟有因之离婚而不给赡养费者。西人除龟外(龟即 cuckold,音"哥哥"),又忌人称彼"头上生角",生角即戴绿头巾之意。

原载一九三四年八月二十三日《晶报》

---

① 均系吴人詈老人之词。

湖州之骂人语

余家中上自老母,下至余之子女,鲜有能骂人者,偶然说一声"混账",大家皆面赤矣。日前"老妻"骂我"叫化子",实随口冲出,非惯于用此语也。惟湖州人最喜骂人。男子口中常继续不断,或自言自语,或竟当面向他人说"那妈搭伍"。"那妈",你的母也;"搭伍",和我戏也。下等男子最喜自称父亲,心有不满时,常云"捺爷偏偏不相信"。"捺爷",你的父也。

粗俗之妇女,尤善于骂人。其所用语,有如下列者:

(一)瘟死("死"读如"杀");

(二)横死("死"不读"杀",不得好死也);

(三)老变死("死"读如"杀"。年老之夫常与其妻滋扰者,必受此骂);

(四)小面皮("小"读如"孝",不要也;"面皮",脸也);

(五)众生(读如"中桑",禽兽也);

(六)老不正经(骂年老之夫有不规则行动也);

(七)浮尸(意谓游荡不作正事之人也);

(八)烂僚坯(意谓好作邪事也);

(九)猪头(此是新近采用之语,从前无有,想与猪猡同义)。

原载一九三四年九月一日《晶报》

"天不怕"

余前闻人说"天不怕、地不怕,单怕湖州人打官话"("单",只也。湖州人喜用"单"字,言语中常有"单单里"等),盖讥笑湖州乡音太重,强学国语成就不多也。昨晚遇苏州陆上惠君,彼谓此语不指湖州,而指苏州,"苏州人根本不能说官话,就是'官'字,说得像'鬼'字,已经可怕之极……"。余不敢决定此语所指为苏为湖。不过,沿太湖一带居民,打官话总是靠不住,常常闹笑话。提起笑话二字,余有一佳者,供献本《晶》阅者,如下:

清时湖州菱湖镇某公,少年翰林也。考差后,放山西学台。菱湖素以新鲜鱼虾著名。一日,某公忽欲食鲜虾,虾之湖州土名曰"弯转",某公用官话对其仆云:"明天叫厨房中预备弯转。"仆北方人,不知弯转为何物,又不敢多问,顺口答曰:"是,是,大人。"

次日饭菜中发现一大碗,内盛大瓦片。官问:"这是什么东西?"仆曰:"这是大人要的弯砖。"

由此可知学习方言,非独发音不可不正确,且语法亦宜熟悉也。语法即西人所谓"意的母"(idiom)[①]。如湖州人称"饭菜"为"菜蔬"("蔬"读如"丝",去声);称"好极"为"好

---

① 意指土语、惯用语。

得势唉"("唉"音 e，语助词）是也。譬如说"他们的小菜真好"，湖州一般人则曰："渠阿唉菜蔬真唉好得势唉。"("渠阿"二字，应急读成一字，他们也），此语倘出之十六七岁之小姑娘之口，其"肉麻"当不在苏语下也。

原载一九三四年十二月二十一日《晶报》

老古话

余幼居湖城时,常闻老辈口出谚语,以为万事是非之证断,"引经据典"者极少。往来余家之人,非皆不读书者,彼等之所以重视谚语,盖因经典不通俗而迂阔耳。

谚语,湖州人称之曰"老古话",有与别处同者,亦有不相似者,兹举数语为例,如下:

(一)"人心不足蛇吞象",此谓贪也。

(二)"蜻蜓吃尾巴,自吃自",尾读如"你"或如西文之"n"音。全语作"吃分份"解。各人出钱之宴,美国人亦行之,名曰"荷兰式款待"(Dutch treat)。

(三)"热石头上(音'浪')格蚂蚁(音'衣'或'迷')",此谓人坐立无定也。

(四)"看得点个火介(样式也,形状也)即刻(音'就介')去特",意谓来而即去也。

(五)"碧浪湖里骂知县",意谓有冤无处诉,又深怕对方势力,只得在无人听闻之处咒骂而已。碧浪湖在南门城外。

老古话不专限于男子之口,女子亦多用之。湖城"不三不四"之妇人,与其夫口角时,常自夸可以独立,其言曰:"身上生只扁塌塌,走到天边饿弗死"("上",音"浪";"生",音"桑";"只",一只也:"扁塌塌",女宝之别名也;"走到天边",走尽天下也;"死",读如"杀")。此为余生平所得谚语之至妙者。

原载一九三四年十二月二十七日《晶报》

合乎？分乎？

　　合者，共同也；分者，离裂也。此余"分合"二字之定义也。舍亲王远氏，居沪西某别墅，某夕宴客，余老夫妇被邀焉。其肴，丰盛美丽，罕能遇到，内馒头一盆，尤为精品，女主人向众客曰："请呀，请呀！"余等因其形大质多，不敢动手。女主人又向其夫曰："我与你合吃一个罢。"（"合"读如"葛"），言后即将馒头裂为两半，自取略小者而开始食之。余于是时言曰："这是分吃，不是合吃。"彼曰："请言其别。"余曰："分吃者，将一物先剖成数份，二人或多人各取其一也；合吃者，二人或多人共食一物，原物不先裂开也。你们二位，倘能实行合吃，则在座诸人必无不愿参观者。"王远夫人虽多交际之经验，至此亦不觉面发彩色矣。

　　　　　　　　　　原载一九三五年三月十三日《晶报》

轻视黄种人

"我刚从香港来，不是本地营业的人。君要我闲谈则可，倘要我在君面前退衣，我当立即告辞。"此吾友柳君在澳门遇见之妓之导言也。

柳君本非狂嫖者，其遍游各地，专意调查妓业及妓之身世。闻此数语后即答曰："我请你来，原欲谈天，全不作非分之想。最好请你爽直地讲自己的故事给我听。"

妓即继续言曰："我的确是好出身。我的父母均富而有学，可惜我的母亲不是白种人。"

柳君插问曰："这是什么意思？"

妓曰："我的父亲是葡人，我的母亲是华人，他们都住在香港。识后，即结婚。第一胎就生了我，后来，他们的爱情终止了。吾的母亲抛了我们跑走了。父亲见我的皮色不纯，也不十分喜欢我，不过依旧给我衣食。我的父亲常常出门经商。我已经十五岁了，当时邻近有一年少华人，相貌还好，常到我家中来引诱我，我全无经验，不久就受了他的骗，我很恨他。现在我恨一切黄种人，我甚至于恨我的母亲。他（就是那黄色青年）又离我而去，好像我的母亲离父亲一样。我生了一个女孩子，也是黄白两色，和我相同，她将来也要吃苦的。黄种人最不好，常常实行遗弃。我得于父者多，所以没有这种恶遗传。"

言至此，吾友柳君问曰："你生了小孩子，你的父亲知道么？"妓曰："天下哪里有这种事情，我早已离开家了，我生了孩子之后，那黄色人又不来，我不得已自谋生活，投入堂子。好在我的黄色不深，来的西客总以我为拉丁种，生意尚不大恶。我自从吃把势饭以来，未曾接过一个黄皮客，就是君的友人王君，他虽然声势极大，我也拒绝他的要求。"

柳君又问："然则你来澳有何目的呢？"

妓曰："难道君无所闻么？开设本院之老板，他是葡人，不久就要娶我了。"

原载一九三五年三月二十二日《晶报》

花　艇

香港之花艇，犹无锡之灯船，菜、妓兼备，供人游乐也。惟花艇之制与灯船不同，且非江浙人之未往其地者所知，兹将略述之如下：

花艇者，流动在水中之妓院也，有大小两种。大者阔十五英尺，长六十至七十英尺，内含三部，即头舱、中舱与船艄是也。中舱为主要之部，陈设甚为精雅，上有光明之灯，下有巨价之毡，椅桌均以红木为之，其通头舱也，分左右二门，门外有凳、有几、有榻，客人可于此闲谈、饮茶、吸烟；中舱尺寸几占全艇之半，四周有帘，舱外之人无法窥探舱内人之所作所为，滑稽者往往以"工作室"称之。

客之上花艇游玩者，每次或十人或二十人不等，艇主供备乐师、娼妓、酒菜等等。开席常在九时，散席后，则客之有"相好"者，各归其小艇，小艇泊于大艇之旁，内除一床外，别无他种器具也。

花艇妓之"教育"与青楼妓之"教育"无异，所不同者，一陆居一水居也。彼等九岁、十岁时开始习业，即弹唱跳舞诸事，甚聪慧者兼学象棋；六年毕业，始准接客，名曰"开苞"，此非有大资产者不能为之。昔有艇妓传闻出自名门，貌美艺高，富商见而悦之，允给三千元以为初度之费，鸨母意犹未足，倍之而后成就，可谓贵矣；然事前之大请客，接连三夕，每夕数百元尚不在内也。

原载一九三五年三月二十四日《晶报》

长沙老人

昔年长沙有一老人，私塾师也，善谜语，课余常将其新制者，使其众弟子猜测，消遣之中兼有启发之意也。

一日晚餐毕，老人曰："余刻得一谜语，曰，'红纸写成红十字，白纸写成白十字'，隐含一常见之文，试一猜之。"一弟子立时应曰："这是'亞'字，对么？"老人曰："然！"

弟子中有狡狡者曰："老师每天制成谜语使我们猜，我们颇有心得，这是我们应该感谢的。今天我们也想制一个，请老夫子猜一猜，不知可准许否？"

老人曰："可。"

弟子曰："我的谜语是很简直的，不雅之处，要请老夫子原谅。"

老人曰："不必客气，可从速说来。"

弟子曰："我的谜语是，一横一直，一横一直，一横一直，一直一横，一直一横，一直一横，也含一字。"

老人思想良久，毫无头绪，曰："胡说，哪有这字？"

弟子曰："有的，就是老夫子那个'亞'字。"

原载一九三五年五月四日《晶报》

"杨""羊"同音

英语中之"喷"（Pun）字，双关谐语也，即同音异义之字用作戏言之谓。同音字如湖州人之"任"与"人"，"杨"与"羊"是也。

昔年湖城有杨某者，体健步健，爽直人也，惟发言疾速好胜，人多恨之。一日丁宅宴客，同城林某遇杨于席间，林冷态人也，与杨不甚熟识，忽问曰："贵姓是任么？"

杨曰："不是任（人），是杨（羊）。"

林曰："原来是羊（杨），不是人（任），那么有角么？"

杨大怒，骂林曰："狗入的。"

林曰："是，是。"

当时席间闻林杨二人对话者，骇异之至，不敢作声，后皆狂笑不止。盖林某之"是，是"，原含"犬生之羊无角"之意耳。林某可谓善开玩笑矣。

开玩笑，不可过分。湖谚曰"调笑三分毒"。"调笑"读如"逃仙"，开玩笑也。"三分毒"者，含许多危险也。有因开玩笑而亲友变成仇人者，可不慎哉！

原载一九三五年五月五日《晶报》

青　浦

凡久居申江者，必知一谚曰"青浦朱家角，有口无人触"[①]。余喜搜觅各地老古话之尖锐且趣味者，得此已数年，但不知其何意。细心猜测，似有三义，如下：

（一）青朱两地，女多男少，嫁人者与终生为处女者相较，前者较少，后者数大；（二）两处男子常出门经商，不带家属，而其妻则在家中守活寡，全无天伦乐事；（三）两处妇女，体健性强，同住或他处男子望之生畏，不敢娶以为妻。

写至此，友人某君来谈，谓此三义无一合者，因前引之两语后，尚有下文，云"要有口触，一个粟子顶个壳"。盖谓青朱两地，风俗纯正，绝无淫乱之事，凡非正式结婚者，不得行周公之礼。"一个粟子顶个壳"者，即一夫一妻制也。友人世居青浦，其解释想必可靠。青浦县，旧属江苏松江府，民初改属江苏沪海道；朱家角亦作"珠街阁"，在青浦县西十二里。

原载一九三五年五月九日《晶报》

[①] 本文两处口，均系作者标注。当地又有谚曰："青浦朱家角，有鱼无人捕"。

唱　拳

苏州士女，多能唱拳。唱拳者何？先歌而后豁拳也。歌辞美雅，调亦文静，其动听不亚于湖州人之"六门景"。兹由舍亲小高君觅得原句，特转录于后，以供众览，并以保存民间文学也。

头品里格顶戴呀，双眠二花翎，三星高照，四喜共五经，六合又同心，七巧八马，提督有九门，十全里格齐美呀。拳要豁得清，酒要吃得明。

上文男女二人共唱。毕后，开始豁拳，或冠以"全福"或直喊"一品""两榜""三元""四喜""五魁"等等，均无不可。待胜负分而饮酒后，则续唱下引之语，且另成一局：

忙把酒来饮，吃得两眼昏。抬头望月，一路进城，耳听得谯楼上，鼓打一更，提壶把酒斟，吃得浑沌沌，今宵归家，必定到二更。

唱毕后，重行豁拳饮酒。量大者可复唱上文，改"二更"为"三更""四更""五更"，直至"天明"为止。

此法既能缓饮，又能醒酒，参加者不必狂醉，而消遣独多，发明者必聪明人也。

唱拳昔盛行于妓院中，后渐衰，因所谓"大少爷"者不皆为苏人，不皆能唱也，且唱时必附加手势，尤属不易。今沪上书寓中，能此者尚多。一对美男丽女，带唱带演，继以饮酒，其声其状，旁观者无不动魂也。歌辞非真苏人所录，且非精于此道者，错误必多。彭功甫君见此文后，如有高见，请不吝赐教。

原载一九三五年五月十一日《晶报》

铜元十枚

本月二日，本埠英字报《字林西报》第七页中有 Mu Sah-Men 君一文，题曰《在华之婚姻道德》，内一段言上海头等妓院每夜十元，四等则每次铜元十枚。

查上海妓院有长三（书寓）、么二、野鸡、花烟间等判别。依工部局章程，长三不准接客，故夜度资无定数；么二"接线头"价亦在六跌倒以上；野鸡之价或四五元或二三元不等；花烟间恐亦非一元左右不可。

Mu Sah-Men 似为华人，若然，彼讲述今日沪埠之事，何以如此之荒谬耶？

《晶报》编者按：二三十年前，有人将北平嫖四等茶室之丑态编入平剧以开玩笑，开头有"手拿着二百钱阿阿"等句，可见当时所谓钉棚跳老虫之类，嫖资亦需二百文。在昔日，每一银元换钱千余文左右，则二百文亦等于今之大洋二毛。物价腾贵之后，如此便宜之夜度资，登徒子已难拾着，此《字林西报》投稿者之言，真向壁虚造耳。

原载一九三五年六月七日《晶报》

"孔夫子"

湖州人喜以"孔夫子"三字称过分老实者,盖不敢直呼以"福儿"（Fool）,特假用美名以避免难堪耳。余家亲串中有此一人,光宣之际其名为"清朝孔夫子";革命完成后,其名为"民国孔夫子",闻之者皆知所指为何人,而得之者,非独不怒,且甚得意。一夜,其妻与之口角,妻继室也,年尚轻,言语间隐然责其不勤于"礼"。彼曰:"我是孔夫子,你不晓得么?"其妻曰:"难道孔夫子不娶妻生子么?"彼答曰:"孔赞成七日来复,不赞成旦旦而伐。"

世人崇拜孔子,以其公正端庄也,非谓其不饮不食,不妻不子也。无知者尊之过度,反起误会。兹述一可笑之事如下:

昔北方有一老童生,屡试不售,自责曰:"我虽熟读四书五经,然考试多年,不能得到一秀才,恐不及孔子之处尚多也。我之内部,想与孔子无别,或者外形不同耳。"一日,彼潜入圣庙,将孔子之像详细观察,见耳目无别,手足相同,遂宽其袍,望下一看,果缺一物,彼即归家中,口中言曰:"是了,是了,原来此物作怪。"觅刀割去之,痛极狂叫,流血满地而死。

原载一九三五年七月一日《晶报》

酒与菜

善饮者不多吃菜，贪菜者不皆量大，斯二语也，一通例也。下述之故事，足以证明其确实：

（一）每口半碗

马大，村民也，每晚必往小酒馆过瘾，定例四碗，不食任何小菜，非不欲也，盖省俭耳。一日，有持盘售烧肉者来，喊曰："烧肉，烧肉，红烧块头肉要么？"其时马大已饮酒二碗，举头问曰："是新鲜的么？"同时向肉一看，饮酒半碗；又问曰："什么价钱？"又向肉一看，又饮半碗；后又问曰："可否便宜些？"又向肉一看，以饮半碗。最后以手指轻轻触肉，曰"太小，太小"，粘得之汁以舌舔之，尽饮余剩之酒半碗。卖肉者问曰："要买么？"马大曰："明天买吧，今天我的酒已饮完了。我每天四碗，这是末一碗。"

此故事中之马大，尚是贪菜者。下述之二人，真能酒不用菜矣。

（二）一粒三粒

前清某省巡抚，善饮高粱。一日谓其手下人曰："本省官绅中有能饮高粱者，告我毋误。"数日后，知同城首县教谕最精此道，遂招之来，与之较量。

巡抚曰："今天我们不讲官职，专比酒量。"教谕曰："卑职量浅，不敢与大人同饮。"

巡抚曰:"我们今天免用大人、卑职等称呼。你年小,我称你老弟;我年略长,你称我老兄就是了。今天我们是酒同志。"

教谕曰:"卑职不敢无礼。"

巡抚曰:"不必客气,请炕上坐。"

教谕曰:"不敢,不敢。"

巡抚曰:"我叫你坐,你坐就是了。"

教谕曰:"是,是。"

坐下后,二人即开始比赛,瓜子一小碟为唯一之下酒物也。

是日巡抚饮酒三斤,食瓜子三粒;教谕饮酒七斤,食瓜子一粒。巡抚酒后,昏然睡去,夜半始醒。教谕则衣冠整齐,步行回署,路上士子之遇者,全不知其曾饮多量白酒也。

次晨又招教谕入署,言曰:"昨天兄弟真的醉了,没有送你,对不起,对不起。吾们昨天的情形究竟怎样,我完全不知道了,请老弟说一遍好么?"

教谕曰:"大人昨天饮酒三斤,至二斤时,已尽瓜子一粒;至二斤半时,连食瓜子两粒,吃相似有点不佳(请大人原谅我这一句话),后来大人向后躺下,睡着了,卑职在旁陪伴,不敢离去。蒙大人赐酒,独饮数杯竟达七斤了,其时已将上灯,似乎不宜继续,见大人不醒,只得食瓜子一粒,以作消遣。卑职也醉了,不告而别,万望不责。"

教谕可谓真能饮酒者矣,下酒之物,不食于饮酒之时,而食于已饮之后,且所食者,只瓜子一粒也。

原载一九三五年七月十七日《晶报》

命不如人生得低

作对吟诗，雅事也，亦难事也。昔吴兴有人出一上联曰："碧浪湖中起碧浪，碧浪滔天"，征求下联，无应之者。多年后，一士子行经黄沙路，忽然大喊曰："有了，有了。"旁人曰"请教"，士子曰："黄沙路上飞黄沙，黄沙满地"，此真绝对也。碧浪湖在吴兴城南门外，风景极佳；黄沙路，城中街名，旧时多刻字铺及售神袍神位之店。

上述者，谓作对之难。兹言作诗之雅：

二老者皆喜吟诗，一日携杖出门，遇于桥上。其一曰"杖藜扶我过桥西"，又曰"两个胡子一样齐"，二人反复口诵，竟无下句。桥下舟中女子闻之，问曰："老先生，你们唱的是什么歌？"老者答曰："我们做诗，不是唱歌。"女曰："为什么只有两句呢？"老者曰："做不下去了。"女曰："让我续吧。"老者曰"好极"，女曰："奴奴亦觉些些有，命不如人生得低。"

上老者故事，系舍亲名画家包公超兄所述，即小蝶之尊人也。

原载一九三五年七月二十七日《晶报》

活修辞学

下述之故事，讥刺咬文嚼字者。

洪如升，湖北人，居申多年，以售文为业，因精于择字，不或苟且，人皆以"活修辞学"称之。如升之发妻早亡，其独养女名爱珠，年已十八，毕业于某女中矣。他校男生之赴会考者，有陆李二人，见爱珠而悦之。爱珠不拒，情书往来，继以游园电影，已非一日矣，惟如升不知也。

陆生名祥云，年十九，面貌堂皇，衣饰入时，且尚未结婚，故爱珠爱之，而祥云亦似有意娶彼为妻也。李生年二十，出门常服校服，发蓬蓬然，性情虽爽直，而经济不宽，故爱珠不甚理之。一日，李请爱珠曰："我希望洪女士为我的终身伴侣，不知肯答应否？"爱珠曰："我是不嫁人的，就是嫁，也要嫁一个有钱人家的大少爷。"

以后李生不再来，惟陆生仍来。爱珠告之曰："李君和我说的话，你知道么？"陆生曰："不知。"爱珠曰："他要我做他的终身伴侣，好笑么？"陆生曰："阿呀！洪小姐，我也有一件事要告诉你，前次来时忘记了。我的父母决定于下月初五为我完姻，那位小姐，有才有貌，是我的同乡，又是同学，他的父亲和我的父亲是谱兄弟。"

陆生去后，爱珠作一长信，内言失恋之经过实情，置于堂上，然后吞多量安神药片而睡于床上。

次日，如升不见女儿出房，呼之又不应，打门而入，见爱珠两眼朝天，而呼吸甚促，不知何故。后阅桌上之信始知失恋自杀。如升叹息而言曰："爱珠呀爱珠，你这不长进的东西。不听我的教训，该死呀该死，连自己的遗书，还不肯小心，还要写许多别字。"

原载一九三五年八月八日《晶报》

自骂自

余湖人也。从前有以诗骂我者,今引之以见其用意之恶;湖人以被骂之辞告人,故以"自骂自"名篇。诗共四句,首二句云,"一路无情水,两条禽兽桥"。湖州城内可以行船,其水自一水城门而入,由另一门而出,常不停滞;又城中主要之桥二,一名骆驼,兽也,一名仪凤,禽也,故曰"无情""禽兽"也。末二句云,"家无三代富,清官更难当"。富贵本由积德而来,富贵之家继续至三代以上者,非独湖城,即全世亦鲜有也;清官本不易做,湖民虽多"小家气"者,然性质柔和,最怕官长,决不强长作贪官污吏也。据友人云,此诗系刘伯温所作,未知《诚意伯文集》中载否?余手头无此书,未查。

最近五星期中,余先患失眠,继患胃病,今又患神经痛。一波未卒,一波又起,无日不药,无日不针,握笔不易,行走更难。今日略愈,作此以为消遣。所引之诗,得之于来望病之友人。

《晶报》编者按:"桥""当"非一韵,恐城意一时戏咏,集中未必载也。

原载一九三五年九月十四日《晶报》

猛猛宽宽

叫人缓缓走或徐徐走时，吾人曰"慢慢"，反是则曰"快快"。斯二语也，为江南江北所通行，故用者皆随口而出，全不迟疑，因决无误会，而必能得到意中所欲之结果也。

吾友沈君延祥，即现任湖州旅沪中小学校长者，向游汕头之黄岗。一日，见一老仆手捧大碗热汤而来，行走虽捷，似有烫手或丢碗之势，心怀体恤之意，即发令曰"慢慢，慢慢"，不料老仆行走愈捷；又发紧急令曰"慢，慢慢，慢"，而老仆反飞奔而至，置碗于桌上，言曰："急死了，我手没有烫痛，碗也没有掷去，幸气幸气。"沈君曰："我叫你慢慢，你为什么这样快？"仆答曰："老爷，我已猛无可猛了，老爷没有叫我宽。"

原载一九三五年九月二十六日《晶报》

乡下人

故事之言乡下人进城闹笑话者，书本中甚多。下述之事，系平律师在席间"左右拥抱"时所说，甚趣，且书本中似无有也。

一乡下人来申，意欲大大一嫖，但觅寻多日毫无所获，因路途不熟，又无人指引，不知妓院所在也。

一日，行经眼科医生之门，见其招牌上所绘之目，误为出售"宝物"之暗号，推门而入，问曰："姑娘在哪里？"

老年之眼科医生，口衔旱烟管，起立问曰："什么姑娘不姑娘，我们是没有姑娘的。我是眼科医生，你是不是要医眼睛？"

乡下人曰："不是的，我是来嫖的。"

眼医骂曰："放屁！滚出去，难道你不看招牌么？"

乡下人曰："我见了招牌进来的。你自己去看，哪有医眼睛的，招牌只有一目，不绘双目的道理呢？难道你只医一只眼睛么？"

次晨，乡下人在镜中见自己之容貌不佳，往理发店中修面。入门后，一中年妇人，即老板娘娘，操江北语殷殷勤勤言曰："先生，请坐，你是不是夹平头？"乡下人本怀邪念，见色心迷，误以"夹平头"为"孅姅"[1]，起身答曰："你真聪明，你已知道我的意思了。好极，我是来孅姅头的。"言后即以手捧老板娘娘之面而吻之。

原载一九三五年十月二十四日《晶报》

---

[1] 意指轧姘头。

李氏之言

一年以前，吾国法律尚不禁止纳妾。自去岁七月一日起，则任何阳性不得公然有妻外之妻矣，今后"帮室""姨太太""小老婆"等等名词将成为过去之事，非考古家不之研究，亦不知也。但从前吾国实行多妻主义，有余之人，一妻一妾，或一妻两妾，常事也。至于大富大贵之家，则一人娶七八位"如夫人"，并不稀罕。

吾国古人皆赞成多妻者，当李鸿章出使至美国时，有人问彼云："先生是不是同别个中国人一样，也赞成多妻的？"李答曰："然。"此人又问曰："有理由么？"李曰："有。我是三姨太太所生的，我不得不赞成多妻制。我的身体是因多妻而来的。"

上述问答，见多年前出版于美国之某书，书已失去，书名亦忘。余今所译者，大意而已。至于李氏是庶出，全属事实问题，余无暇，未及考也。

或者问曰："君还是赞成多妻呢，还是赞成一夫一妻制呢？"

余答曰："我是守法良民，完全赞成一夫一妻之制，且常常记得女子口中的两句俗语云：'若要家不和，讨个小老婆。'"

《晶报》编者按：李鸿章之父文安先生，家本寒素，从未闻有纳妻之事，且鸿章为其次子，早年所生，尤无所谓三姨太太生的之理。以理推想，鸿章以奉命往贺俄皇加冕大臣，便道游历欧陆，更不至自称为三姨太太所生。西人著述，对于中国，每多捕风捉影之误，此其一端，原不足较，以转载本《晶》，故不得不为辨正，以昭信史。

原载一九三六年六月二十三日《晶报》

辞 乱

上海社会中有一种流行语,最普通者,如"吃豆腐""拓眼药",不论上下等人皆知之,皆用之,颇类西洋人之所谓"辞乱"(Slang)者;称之为隐语,为黑话,为切口,似乎欠妥。

"拓眼药",谓专在旁静看妇女而不与之兜搭也;"吃豆腐"则接近其身,多言多语,动手动脚矣。往大东茶室之人,有实行其一或兼行其二者。此类言语之解说,《社会日报》中有专栏,言之颇为详尽。

近来又有一种利用西文字母之辞乱,如"大肚皮"[①]则曰"地哑地哑皮"(dodob);"勿领朋"[②]则曰"爱夫爱儿皮"(flp)。此种新语,似尚无注意之者,但不久必有多数人采用,以其简便而摩登。

原载一九三六年十月六日《晶报》

---

① 系呈语,指怀孕。
② 又作"勿临盆",系呈语,指不服气。

女人交易

近阅某西书，其一六六页谓二十年来，妇女市场之至大者，首推阿根廷共和国，其次则为中国之上海。"大"言销数多，"妇女"指白种人。

著作此书者，名施固德。其在同页又云："上海之市场有继增之势，因巨大之华族人口及他族男子之居于此者，嗜好妓女，全无满足之意。又因黄色男子最要得者，白色妇女，故欧美白人（露人最多），川流不息向申行也。除申埠外，他处华人，亦好白人。"

观于此，可知上海有操淫业之白色妇女矣。研究社会学者，应注意之。

原载一九三七年一月十七日《晶报》

乌毛龙

前夕正预备与内子小女等去观电影，次侄济民来讲故事，匆促中得一极佳者，兹转述之如下：

清代浙江省吴兴某富户，有子名古梅，甚聪颖。年十四时已毕四书五经，能吟诗作对，惟天然事物彼皆不知其名，因父母爱之如掌上珍，不使之出大门故也。当时吾国无公立学校，亦无所谓学制，富有者延师家中，教其子弟；力不足者，附读他姓。古梅之父经营丝木两业，又开设当铺，家产丰裕在三十万以上，每年必聘邑中最知名者以为其子之师。本年所请，杜百新孝廉也，精于词章，且善用典故。

一日，古梅见人牵黑色猪经过大门，问曰："此是何物？"孝廉答曰："是名乌毛龙"。又一日见两犬打雄①，问师曰："彼辈何为？"师曰："喜相逢耳。"重九前一日之午后，门外足步声甚大，望之，见一人坐缚于木笼中，为多人抬去，古梅问曰："此何人耶？"杜孝廉曰："好汉也。"是夕，邑中大火，满天通红，古梅大惊而狂呼曰："噫，危乎殆哉，此何事耶？乞老师察视之。"孝廉曰："此名满堂红，何必大惊小怪耶。"

孝廉十一年之内，除正课外，授古梅无数典故，皆可作吟诗作对之材料。岁底年头，塾师依例归家休养，临别之日，古梅之

---

① 指动物交配。

父设盛宴款待之，以表感谢之心。席间孝廉谓古梅曰："余明晨行，汝可见我一诗，以作纪念？"古梅略一思索，即吟曰："先生师母喜相逢，开年养条乌毛龙，将来一定做好汉，一年四季满堂红。"

次年元旦，古梅往老师家拜家，一见孝廉，即下跪叩头。杜曰："汝善作对，余忽得一上联，汝坐下，先饮糖汤再对下联。上联共七字，即'今日学生头着地'是也"。古梅曰："是，是。"转瞬即说出下联云："昨宵师母足朝天"。

原载一九三七年三月六日《晶报》

仵　寨

仵有二义：（一）遇敌也。或作伍，音五，阮古切，如"三五噍类，请比泾仵"（《宋史》）是也；（二）相同也。音悟，五故切，如"以觭偶不仵之辞相应"（《庄子》）是也。本篇所述，仵之新义，即用于"仵寨"一地名者。

仵寨在河南省鹿邑县，居于寨内者皆以仵为姓，仵音五。据云，明末有避难者三姓，步行至汴，见其气候合宜，遂定居焉。三姓皆忠于朱氏者，内一年长者向众人言曰"吾人共患难多年，今始能定居于此，余意吾人最好抛却原有之姓，改用一公姓'仵'字。仵者，朱氏上无头，下无足，而人在旁，即本朝上无天子，下无土地，而忠实人民不得不隐居于僻处之意。"众皆称善，遂于是日起改称仵姓，并其地曰"仵寨"。闻察哈尔民政厅长仵庸君亦仵寨之居民也。

原载一九三七年三月十二日《晶报》

风花雪月

有货币之形，而不以之作交易之用者，其"风花雪月"乎。"风花雪月"传世极广，惟轻重、大小不同，有古雅者，亦有粗笨者。余所见之"风花雪月"，系孙绍修兄家藏至宝，文字佳美（见图），图像清楚，铜质极重，非后来仿造者可比。

据孙君云，旧归北方人有两种迷信：（一）女子出阁时，将"风花雪月"佩之身上，夫妇可永久恩好；（二）富家造屋时，将"风花雪月"嵌入正梁中，主人得大发其财。

今《晶报》拓而印之，将来定购而爱阅者，必较前更多，而"老板"之进账亦必因之日增不已也。

原载一九三七年五月二十二日《晶报》

闰 哥

余在某小说中获见一称呼,曰"闰哥"。奇极。兹改节原书以为说明,如下:

浪子梅彦卿,娶再醮妇李文妃为妻。有姣童陆珠者,彦卿以妾待之,居之于正房之后。文妃见其模样标致,心亦爱之,但碍

"风花雪月"货币拓本

于浪子之眼,不能有所作为。一夜,彦卿暗将陆珠引至前房,而自己伏于一旁。文妃佯作不知。事毕,始骂其夫曰:"臭忘八!我道是你。"

浪子曰:"陆珠便是吾妾,你便是吾正夫人。三人俱是亲骨肉,有甚做人不得?"

文妃曰:"如今两个都是吾的了,若要他陆珠,不好相叫。"

浪子曰:"叫他闰哥便了。"

文妃问曰:"怎的叫他闰哥?"

浪子答曰："闰如闰月之闰。十二个月又增加一个月便叫闰月，我夫妻二人，一增一人，岂不是闰哥？"

文妃曰："妙！妙！"

友人丁老夫子云，伶人某，龙阳也，妻某氏问之曰："闻某老与汝有类似夫妻之关系，然乎否乎？"伶曰："然也"，其妻又问曰："然则余当以何称之？"伶曰："称之曰夫夫可也。"

原载一九三八年四月二十四日《晶报》

硕德乃仰

湖州人最喜骂人，自称"老子"。此种詈骂自尊，此种讨小便宜，大概可分两派：（一）雅，（二）俗。雅者，文人用之；俗者，粗人用之。今先言雅者，如下：

（一）某富豪，年六十，其子为之做寿。同城名士某甲送一绸幛，上题大字四个："硕德乃仰"。贺客之见之者，多反复朗诵，主人闻其音之怪也，而心生疑惑。仔细考量，乃知骂人。因湖人"硕"与"入"同音（入，接触也），"到"字急读成"德"或"得"（到，通也），"乃"与"那"又相似（那，入声，你的也），"仰"与"娘"平仄不同，音实相同。故"硕德乃仰"等于"入到那娘"。赠幛之名士题此四字之本旨，盖在仿效粗人之骂人以自尊耳。

（二）一木匠，一铁匠，一泥水匠，一成衣匠，四人共饮于酒楼。木匠曰："我们来行酒令，好么？"其余三人答曰："好。"木匠曰："我们不能吟诗作对，只能说一句老古话，并且那古话要有一个宗旨，就是：有其话无其事。譬如我的一句'拳头上立得人起'，你们想必赞成的。你们哪一个倘然说不出，要罚酒一碗。"铁匠曰："有了，有了。我的是'臂膀上跑得马过'。"泥水匠曰："好的，好的。我的也有了，就是'宰相肚里好撑船'。"成衣匠人最狡猾，思索好久，一无所得。后忽然大喊曰："那妈搭伍。"（那，你也；妈，母亲也；搭，和同也；伍，我也。土音）

木匠、铁匠、泥水匠皆大大不乐,怒目向成衣匠言曰:"你既然想不出老古话来,罚酒一碗就罢了,何必骂人呢?"成衣匠曰:"我并不骂人,我的也是一句大家所知道的老话,也很合你们的条件,就是有其话无其事。你们的妈,我还没见过,哪能搭呀?"

原载一九三八年七月二日《晶报》

妙　语

土话之妙，莫如"上半天皮包水（吃茶），下半天水包皮（洗澡）"（见本《晶》六月廿九日油博士之《重游泮水》篇），因其能概括某地人之大半也。但上引两语，尚不完全，其下再有七字曰："黄昏后水又包皮"，此时之水，非茶非浴；此时之皮，包而不包，皮只一部。水分三种，一日之间，所行者不外皮包水或水包皮，此种人之不事正经，可以知矣。

上段中所谓"此种人"者，非指南京人而言也。据传说，真正老牌南京本地人已被洪秀全杀尽。现在之南京人，皆于一八六四年曾国荃拔金陵后，来自长江上游之某省，或下游之某州。包水水包之"享受"，非原始金陵人之习惯，实下游某州人之癖性也。

数年之前，某君曾著一书[①]，畅言某州风俗习惯，水包包水之事亦约略提及。出版后，大受攻击，非独要求出版者停止发行，并欲罚其在某某指定地点建造灯塔。后入讼多时，开审多次，判令出版人以停售毁版了事。某君之书，余曾于事后用九牛二虎之力，觅得一册。

吾国土语之妙而含性理者，甚多甚多，例如："铁门闩，纸裤子"，此似浙江口语，意谓最难者，进门而相识也；既相识矣，

---

① 指易君左编著《闲话扬州》。

无不立时成就。本《晶》阅者，各省各城之人皆有，倘有愿将此类妙语写出寄下，则欢迎之至。

原载一九三九年七月五日《晶报》

游秦淮河

本月十二，书友徐君赠余稿本日记一厚册，清光绪四年（一八七八）八月起，至七年（一八八一）八月止，共计三个足年。著者似为吴淞人，名南周，姓不详。记中言六十年前之粤省风俗人情，富而且趣。余当择兴味较浓者，分日抄录，以实本《晶》。南周去粤之前，先与至友数人往白下（南京）一游，其记秦淮河之妓馆如下：

> 余（南周自称）[①]拟先远后近，议定秦淮坐船至南门出城。（中略）舟行自西东，船户指云：此那家，这某家；某姑娘精何技艺，人材若何，善串某戏，能唱何曲。舟傍诸馆背，其屋临河，悉系湖房。水榭装以长窗，启以即可上下如一埭，多者五七间，少亦三间。中装水榭，两傍和合短窗，撑开，全湖在目，诸妓就作卧室于是，临窗梳洗，对镜整妆。或口窗茗话，或倚立看船；拈花微笑者有之，群聚嬉谑者有之，侧目媚望者有之，端坐勿顾者有之；或吸水烟，或弄琵琶，或露全身，或现半体……种种态状，莫不齐备。虽秉性端沉、轻浮、狂贱，自有不同，然不能云娼妓一定淫贱而论（"而论"二字

[①] 作者引用孙南周稿本内容，括号内文字系其评注，下同。

似可省）也。（中略）花酒每台二千有奇，过三五台不定，亦看人材高下，略同都中窑子，沪渎娼寮。

下次当录南周游妓馆时之情形。

原载一九三八年七月十六日《晶报》

秦淮妓

南周与其友人决意"去看数家"（家即妓馆也），先至顾二家，原记云：

费公（南周之友）派回舟向东，至第一大水榭，维舟而登，询为顾二家。坐次，诸妓接续入，调弦，唱淮调《满江红》等曲。（中略）唱遍，始请姓氏居处，知上海人，均甚羡慕钦歆。此间妓馆，不论何等人，每去一次，人数不计，需钱六百；携钱不雅，在钱店制票。余辈罕临斯地，议从丰厚大方，每到一家，赏洋一枚，甚感激，凡数家，均一律。末至王楚家，乃亦兄（南周之友）旧游之地；先在小房坐，正唱曲间，一姬续至，在门首周看，进房招呼亦兄，而亦兄勿识，询之，为小嗓子，盖所好胞妹，因其姐善唱大喉，曰大嗓子，以小名其妹。（中略）视其人，温文秀丽，神采飘扬，肌肤幽柔，并通书算，洵不虚此一访。（中略）此人若去上海，以其品貌，可压群芳，别立一帜。总论等次，以顾家如意为最，该处本称状元，生客非年轻貌美、花酒十台不接，然二十余千非大价；次则王三家小妮子，年尚轻，甚艳美，榜花未见其人；以大嗓子列三名，可耳。

余曰,南周嗜花,并善品评,虽赏赐从丰,决非瘟生①。六十年前,花酒二千,茶会六百,价真廉也。

下篇当录粤之妹仔。

原载一九三八年七月十七日《晶报》

---

① 系呈语,又作"瘟孙",指不察世情,易上当受骗且不知觉者。

粤之妹仔

下文节录南周之日记(稿本)。南周似为吴淞人(尚未查明),姓孙(已查出),对于粤人,绝无好评。言语不通,所以发生误会乎?抑六十年前,恶习尚然流行耶?余从未游粤,又鲜粤友,对于下文所述,颇多疑惑,但无法考查其虚实。姑录之以实本《晶》报,阅者作小说看可也:

凡市面之背,多有居民。凡(此字之下,似脱一"至"字)其家化数十钱,随便(?)奸宿,并不罕靓。推原其故,缘粤地多鸨头。俗称妹仔,化数千、十数千买得一个,养使数年嫁出,亦得二三十千,好者不等("不等",想是不止此数之意)。所以大者小者,巨家十个八个,多至十余二十,少家一二个,常事(也)。用度既无多,勿支工价。挑柴担米,买物奔驰,悉凭差遣。况粤地衣穿更易,单夹亦得过冬,冷极烤以柴火,出街买物,常打寒战,受者不为苦,只怪天冻,见者不足奇,乃是常事,习惯自然,真可怜可嗤!但情窦早开,(中略)十二岁便知欲事。(中略)完全者百无三五。即客居公馆衙门,家法严肃,亦所难周,洵陋习也。是以每讨妹仔为妻妾,问之主人肯包猪(有元红,以金猪送赠亲家者)否?则主人虽未知其有,亦不敢曰必无。莫说妹仔,即闺女禁不出门，尚常有不谨之事。送亲者做手脚，赚厚资，比比。是以烧猪之例，虽俗不可奈，然亦禁约中断不可缺之举，非此更乏防范戒儆焉。每有嫁女之家，得无愧烧猪之信，欣欣然有喜色。

下次拟录日记中粤省六十年前防贼之妙法。

原载一九三八年七月十九日《晶报》

粤省之贼

孙南周之日记中,对于粤人粤事,罕有好评。惟关于防贼之法,则大大称许之。兹录其原文如后:

此间墙垣坚实,无从下手,而窃匪充斥,悉自屋面施其伎俩,吾乡所为贼最能之白龙挂也。所以城外更巡,悉结伴行于瓦面。城内则高搭更棚于街口,约七八丈,以巨竹接续缚系为之。顶有望棚,攀援而上,至棚上用丈许竹梯,登毕曳起,且不敢一人也,为恐盗贼挟诈而杀云。致拒捕伤人,乃常常有之事,且无不带刀刃之贼。晚间更点,络绎不绝,且甚严明。火盗有号,其工食亦贵,盖既须轻捷勇健,并要诚实可靠,有室有家,众所信托,并要学习攀援,始能上去。法良意密,可传口需防之处,不无裨益,故缕志之。

上述粤地六十年前之防贼法,想系确实。清末采用警察,此制必同时取消。下次拟节录"黄埔中之妓船"。

原载一九三八年七月二十日《晶报》

黄埔中之妓船

孙南周之日记中，详述埔中妓船，其原文云：

黄埔中间，临五仙门外，有谷埠，乃集谷船而名之。今则所谓河下妓船，汇椗于此，约三十余艘。舱中揩抹洁净，器皿精致，各物周备，应酬胜于三江娼寮。手巾以茉莉蒸熏，香气扑鼻，花多可知。能摆酒，而每宴必另雇一种高棚平底之紫洞艇，取其能流动耳。其艇棚甚敞，不特行立裕如，且悬灯系彩、字画单条、匾对洋灯；器用既极精良，家什悉红木紫檀，嵌缀灵石；席面碗碟，五彩博古，莫不讲究。别省士大夫及商贾人等，即游狎之事，终存敛迹忌惮之心。而粤中大吹大唱，窗悉洞开，如恐人之不见。（中略）妓女陪酒，生熟皆可。（中略）菜盛丰，淡而且甜。酒黄白均备，主人一举，约二十两以外。惟舟人以数尺之船，始不见一物，吩咐摆酒，霎时罗列，诚可喜。（中略）陪酒妓，该一洋，必始终其事，须至客散主人归，方可抽身。且席散之后，客烟茶久坐，妓唱歌侑欢，接续勿断，胜于三江之例。如叫其陪酒，已该一元，即在其人处住宿，再一元足矣。船上者，另加雇船过夜，不准在船上住，不知何意，莫非亦取其便游眺耶？其船名鸳鸯艇，又曰姻缘船，床帐齐整，茶点洁备，水浆亵布均全。（中略）世事煞有奇者，如爱住夜者——老契（土称相好）辞体口，意谓假托月事而谢绝也，而余则（中略）反蒙错爱，雇便鸳鸯，再四挽留。（下略）。

南周不是小白脸，必是大牛皮。初吹吃揩油花酒，叫来之"局"，即再四挽留。六十年前之粤妓，其如此之贱乎？下次拟录南周在港与王韬遇见时之情形。

原载一九三八年七月二十一日《晶报》

王韬在香港

孙南周在粤时,曾与友人同往香港游历。下文记其会见王韬后,所生之感想也。王韬,长洲人,字紫铨,号仲弢,晚号天南遁叟,官粤省,以偏袒太平军去职,远适重洋,归来后,先后在香港上海等处办报讲学,能诗,工骈文,有著作多种行世。下文节录南周之日记稿本:

商定瀚兄(南国之友)拟观吸水机器(即自来水厂)、博物院各处,定明日先去伊窗友所开《循环日报》馆,拜王紫铨,托其派友同去游历。

二十五日,(中略)饭圆出栈,由上环街而登百步梯。至报馆,知王君尚须迟久方出,要唔非上山去伊家才好,即拉瀚兄迳上,至第三层坡是矣。登楼,屋虽不宽,幽静精洁,颜其堂曰"天南遁室",好大口气。俄顷人出,肥黑且鲁,目短于视;貌既不扬,形甚疏慢,口音苏多沪少。询知向居上海麦家园教读,本苏人,长于沪。读书时与瀚兄同涵丈。咸丰年间,因笔墨开罪于大吏,拟捕治,褫其衣顶。伊乃弃其儒业,亡来斯土,创开报馆，获利，置产业，蓄妻妾。但生女，年已垂暮，尚虚嗣续。然笔墨著述颇富，不患不传淹没。询余家世，倾告之，甚起敬。盖侨寓沪渎，先人及叔辈，伊素口佩。且红乱军兴时，曾与先君有一面，且以父执自居。然哲人有后之语，似太自大。（下略）

续录南周会见王韬后之感想。南周对于王紫铨，多贬损语，原记中云：

洋务各大员，及在粤到港各官员，莫不乐与之游，而反有伊不愿交者，称许更为罕事。其势力甚大，不特本港商、铺户、巡捕、妓馆、娼寮，识之熟而惮之；即洋官、兵头辈，亦敬而惧，以其报词肆无顾忌，而外国亦购阅，恐其造谤，而洋人颇探听云，统称曰"王师爷"。港中交涉大事笔墨，悉出其手。月有常俸不菲，难得有事要做。如李中堂、丁中丞，暨出洋诸星使，凡交涉中外事务，各大员均有信札往还，并有脯修致送，实则亦畏指谪疵议而已。亦妙人妙事，读几句书，手无缚鸡力，而敢藐视官长。既得罪之人，怕官惟恐勿及，敢使官怕者，知机识务，挟有洋势所能。致扬眉海屿，吐气荒山，亦小丈夫之善觅机缘也。

孙南周好弄笔墨，而诗与散文均不甚佳。其为八股试帖所拘乎？但彼见闻所及，莫不详尽评述，吾辈阅之，颇能明了六十年前之情形。可知文字不必显等，善择事实，亦能传世也。

原载一九三八年七月二十二日《晶报》

第一好戏

清光绪五年，南周在香港过新年，其记景象诗云："爆竹声如旧，街坊门似新；衣冠斯地禁，鞋履簇然新。"

元旦日，南周及其友人看戏、赌博、宿娼，无所不为。兹将记中原文节录如后：

（上略）贵太尊（中略）邀看戏，据云今日第一天，做广东第一班中第一好之《绣戈袍全传》（一）。（中略）座位甚脏，缘粤人不好坐而好蹲，所以断不能坐，购纸衬之。其戏乃《倭袍》改样，关节全非，所存惟刁南楼刘氏素娥，而奸夫并非王延桂，乃张姓，种种不同矣。

下午，策翁邀云："今日宜快活一天，去畅逛为宜"。至一处，入视，乃咸水妹馆，主人亚五（亚五，即阿五之意），共有五人（五人，即五个妓女也）。悉中下品。（中略）五姑（想即亚五）请曰："四位老爷，言语相通，何不打天九？"诸公咸诺，余难独异，虽不谙而不能辞，瞎打两副，倩妓代之，终场且赢，当作粉资。（中略）贵公已办菜，而栈司来邀吃正席。（中略）祁费及余至栈见（中略）男女三十余，乱坐无次，喧嚷非常。菜十大碗，且用火锅，其味如生硬炙口，酸甜苦辣全，独不鲜。但闻主人曰："好吓！甜（鲜字之土音）吓！"自称自赞乃其常度，无足怪。饭完菜罢，（中略）各妓均勒定过宿之约，贵费已定共二，余三则迫急争媚，瀚兄嘱伪应之，以免其扰，姑半许之。

余曰，孙南周好弄笔墨，而诗与散文均不甚佳，其为八股试帖所拘手，但彼见闻所及，莫不详尽评述，吾辈阅之，颇能明了六十年前情形。可知文字不必显等，善择事实，亦能传世也。

原载一九三八年七月二十四日《晶报》

在北海打水碗

孙南周游北海时，有友人邀打水碗，打水碗者，茶集也，入妓院看花之专门名词。六十年前，北海无清洁之妓院。兹录其日记中之原文如后：

> 日逐，有革锦壁、陶子渔邀去打水碗。街名砂瘩街，牛东路，有十余间，四十余人，服式素布，首饰白银，床帐破烂，房间暗黑，潮湿霉蒸，奇臭难忍，且莫非畜猪，其秽可知。客到又不费事，瓦茶壶内斟牛眼杯半盅，双手敬之。本地水烟，黄铜烟袋，每客二口，无多勿少，即此就算应酬矣。如吾乡之小茶碗，此处曰各盅，非盛客不用；其名妓陈设亦如之，但房中稍洁，臭气淡薄，猪不进房；怪询之，（曰）"吃饭在别处，则猪到房中，无所得吃，自能勿来"，床上物件、房中器用，均另有存放别处。其俗流氓赌棍，又有一等曰捞家，即吃空手饭之谓，总名烂仔，既多且恶，见好物非弄至极烂，即窃盗而去。（中略）吾乡妓女，形如闺阁，穿绮罗，吃珍馐；出则车轿，入有娘姨大姐，饰金珠翡翠，卧罗帐香房；好客视同掌珍，调护且恐不尽；恶客难免勿遇。断勿致十分过不去，且下流之人奚敢公然欺侮耶？相形

确有天渊之别。

下次拟节录北海送灯之风俗。

原载一九三八年七月二十六日《晶报》

北海送灯

生男育女,夫妇间合作之事也,岂亲朋所能为之助乎?六十年前,北海之民有送灯之举,即代人祈子也,诚愚鲁之极!兹录孙南周游粤时(稿本)日记中所载者如后:

土俗有娶久而勿孕,亲朋敛资为之送灯者,锣鼓喧天,人声震地,神道御牌,官府仪仗,头锣执事,顶马大轿之外,加以鸾架几对,后拥小孩子数十名,各执器械,骨牌灯几十对,白心彩边,中书红字吉利语句,甚俚鄙,若"千孙百子"、"传流万代"等。另有一灯,或六八角,或四方角,垂纸穗,平面写字,色间红白,做工甚拙,句曰"早生贵子"、"天降玉麟"之类,鼓吹送至其家,携挂卧房。夫妇则沐浴更衣,受之而寝,愚蠢至不可思议!正月最多,北海一垆,夜凡二三家;并有用琵琶仔(即年轻清唱之妓)扮春色,厚颜人装醉汉,渔翁渔婆,彼此相谑,作诸恶态者,更无谓可鄙之极!此等事,非小家所能,盖众人之资易集,一经生子,酬神待客答谢,诸非数十千奚能了事?

送灯之事，不知现尚流行否？本《晶》同志倘有北海籍者，乞赐高见。

原载一九三八年七月二十七日《晶报》

廉阳妇女

孙南周之稿本日记中,记廉城之妇女云:

男弱女强,女勤男惰,当家做事,女掌男权。(中略)男人游荡、赌博、吹烟,反向老婆支钱用度,所以淫风日炽,外遇不足为奇。如狎久相投,女愿嫁,则化数十千立一退据了之,永无后言,甚快爽。即所生儿女,亦不顾恋云。其妇女卖奸,曰卖茹藤,乃番茹之苗叶,土人以喂猪畜者;硕大一担,既轻且贱,惟诓乡下妇女欲出奸宿,无可推托,去田内割些,担而出就之谓,故奸宿之处曰茹藤馆,自称曰便店,其便于粥饭过夜故云,甚多,且不甚避忌,盖习俗如此,无须顾忌故也。大抵廉阳妇女,非奇丑者,断无从一而终之人;即不改嫁,必有外遇,为其易而不为耻耳。(中略)身穿之衣,日夜勿脱,懒于浆洗,其气息确浓,如剃头、轿夫之辈,莫不臭气逼人。(中略)并土俗(上二字,不通之极)多狐骚,彼自若别人无鼻者,余每作呕。(中略)不特男子,即妓女——俗曰货仔,清妓曰琵琶仔——亦然,盖在家弄吃等力作,而勿勤洗换故也,每叫陪酒,钱千文,付洋一元,便阔极,上午来烧烟唱曲,直至半夜始去。

所唱西皮二黄梆子，皆不同本来腔口板眼，弦索音调尚高亢，诚辛苦，一曲终，每汗流如沈也。

余曰，上段材料极佳，惜无文字以达之也。

原载一九三八年七月二十八日《晶报》

瞽目单眼

孙南周谓粤地多瞽目单眼者,此六十年前事也,想早已不然矣。兹节录其日记中之原文如后:

粤地瞽目甚多,单眼亦夥。省垣有粮,每逢其期,街市接联不绝,手牵细竹而行,舆马为之难走,且口毒詈人。是以有盲妹一业(盲妹,即瞽女),择其文秀声清者,教其弹唱,以曲多练熟为优劣,上至衙门、公馆、富绅,下至铺户、民居,悉可招来,每日夜需二三两银;至低步街卖艺者,亦一两(或)一元,糊口有余;有招夫者,有零折者,有夫妇二人一目者。瞽女尚可,瞽男实苦倍于女,既无可做之工,又乏糊口之技。水土温暖,胎产较密,生齿日蕃,人浮于事,明目者且工价日轻,栖身无所,瞽者惟丐食耳;而求者日多,施者难爽;求之不易想出讨厌之法:鸣金擂鼓,结队成群,滋扰喧哗,异常可恨;(中略)而铺户亦吝不肯速施,必待其始而立,继而跪,以至接联横卧,至(此字似可省)不能进出。甚至(自)刺头面,血流如沈。(下略)

余曰,乞丐强索,到处有之,不皆瞽者也,不独粤地也。

"八·一三"后,申江讨"铜板"之老少男女逐日增加,有口泼横者。一晚,余自某菜馆出,即为三四人所围,作"不给铜子,不能通行"之态。余曰"没有,没有;跑开,跑开。"余上自备之车后,一年老者竟敢以手中之竹竿击余之车背,并大吆而特吆之。彼辈所以击车而吆我者,因"没有"、"跑开"等语太轻视且不吉利之故。吾辈不给钱时,最好说"没有带钱,上拉账上。"

原载一九三八年七月三十日《晶报》

摆七巧

六十年前,粤地妇女喜摆七巧,未知现今尚有行之者否?关于此种风俗,孙南周日记中所载如后:

粤俗闺女之摆七巧,乃显其技能焉。每年七月初六晚,堂中设案结彩,悬张书画,灯烛辉煌,重门洞启。桌上所陈,如果子、碟子、茶杯、碗盏之类,并旗帜、御牌、伞扇等,凡所应用,莫不悉有;均明亮之纸为质,粘以芝麻、绿豆、米谷之类;染色配成芝麻最多,甚工细。有渡银河之船,舱棚桨橹,窗能启闭,甚周备,工略粗,亦非易。口具花纹甚多,如芝麻、古老钱等是也。有闺女未嫁,而稍堪温饱,定摆无疑。亦有妯娌仍为之者,事属偶然,即北边乞巧会之变相,盖乞巧乃其赐,此则呈其技耳。惟粤人轻视而浮浅,为父母者不能教之正道,于此等事,则已勿能做,转乞代做,只需精细,不惜重资,多方购致,务极其巧,使人称许。据云,已联姻,冀速嫁;未对亲,希同名。试思廉耻二字尚有否?且更有可嗤者,凡摆设之家,妇女悉浓妆盛饰,端坐其旁,发上贴金,颊红似火,三寸不满之脚跷出,惟恐人之勿见,尽人观视,真不识是何居心?是何纲纪?人拥时,婆妈美仔,以身屏蔽，佻达者特挤之，互相诋骂。年轻人及驻防游人闹事，此夜最夥；官禁勿遵，惟有派人弹压耳。其俗相看闺女美妇，必在此夜，易而且勿禁忌；后生小子，指谪批评，无所顾惮，诚难闻，实陋习也；靡费娇纵，谩藏诲淫，兼而有之。此非乞巧，口弄巧反拙耳，录以其志佚居无数之大端，并各省迥异之一事也。

余曰，南周仇视粤人，可谓无微不至矣。

原载一九三八年八月一日《晶报》

赤 颊

据《孙南周日记》中所载，粤地妇女，似无一贞洁者，其言未免过分，未免太苛，不可信也。兹姑录一节于此，阅者作小说看可也：

余居乡时，见粤妇并画照等，均赤其两颊，其属不鲜。及履粤境，亦莫不然。及（及字太多，此处应省）询其由，半多吞吐，而心中疑也。迨后言语稍通，朋友略有稍沾曲游之习，浮浮问故，悉讳其真。及登鸳鸯艇，果问其情，始尚支吾，直至颊晕脸赤，始含羞带笑而述其的。为其难得，姑录其缘起。盖粤土热多淫，昼夜无度，妇女悉以胭脂涂颊，如三江之神，模然委因，浮火时升。欲心易萌，顷刻之间，红晕上颊，形诸于外，自觉堪羞，思欲止之奚得。别出心裁，而用胭脂，涂使至红而赤，如此庶掩其丑态。即欲火上升，房事偶动，亦无所妨而勿觉矣。可见南中妇女之淫贱，半由生性，半乃沿习，从中秉体、气蕴、服食，悉有不能遏止处也。

余曰，南国之论，怪而可笑，余未之前闻也。下次拟录日记中之"西关妈"。

原载一九三八年八月二日《晶报》

西关妈

孙南周之日记（稿本）中云：

粤有梳头妈，又曰"西关妈"，盖住羊城之西门，为该处行铺。有钱之人，多在斯住，此辈亦随居相近，便于往来也，实外省喜娘之流，盖替人梳髻（音记）而得名。粤妇之髻，形与临嫁所上大头相似，确非自己可梳。是以无事居家，则梳便头；有事出门，必用若辈梳之。（中略）有包月，有总计，一头非银一二钱勿可。人家闺阁，此辈最稔，且易出入，所谓走千家者也。若辈无夫者多，即有夫亦盲龟，每于静处，三五人合租一室，群叙售奸，外宿亦肯；年稍大则引逗闺女，拉拢美好，一切关核，莫不烂熟。至有闺女破瓜，包送夫家，包做元红等事，的系好手。若打私胎，勾引妇女做眼线，牵动情人，非有若辈，必难入马。敢作敢为，挥金如土。若有真本领与之结纳，竟有受其培植而起者，余见不乏人，是以及之，无所忌惮，洵为可恶。

余曰，三姑六婆到处有之，何止粤哉？

原载一九三八年八月三日《晶报》

做人家莫便于粤

孙南周日记中云：

  同乡胡景云（中略）一日闲坐，贸然曰："做人家莫便于粤，勿论良贱，只要有钱，终日之间，妻妾儿女，鸦头美仔，婆妈小使，家人厨役，出则华舆，入有妾侍，家具精备，衣履完好，别省断乎不能，如能以数两微赀买闹姓中之，奚啻平地升天？请细思之——妻妾争媚之，儿女呼叫之。别处妾或能之，而难免昂贵，若妻安能？现成子女恐难即得，且有纠葛。"（中略）又曰："更有一事，胜于别省。家人小使，及肩担小贸、手艺佣工辈，咸识娴礼貌，工应对，并落落大方，有南阳诸葛童子之风。不论尊客贵官到来，悉能从容不迫，气态自如，毫无自惭形秽、局促慌张景象。非擅长乎？"思之，阖座狂笑。盖若辈愚蠢异常，蓬头赤脚，直立人前。凡逢客至，彼必招呼，斟茶奉烟，双手拱上，口曰"老爷适烟"（土谓吃曰适，一曰食，似是）；客去必曰"好行"。凡小贸剃头来，早必曰"老爷早辰"（似乎起早之意），中午必曰"适过饭"，剃好头必呼"恭喜"，临去必曰"伍该你"（上海土音称亩），乃惊动勿怪之类，的是有礼，所以云云也。

此篇既骂妇女又骂仆役。南周对于粤人，真无一句好话也。"早辰"，疑是"各得骂人"（Good Morning）一西语之直译，"早间万福"也，非"早起"之意。粤人与英人接触最早，故有此类言语。

原载一九三八年八月四日《晶报》

资遣其余而留其一

本篇，孙南周自言留妓过夜之情形也，原文如后：

（上略）未刻已见乌家岭，喜而吟曰："去路仍来往，临岐日未沉，复来投栖止，还认树皮门（山乡村店，悉用大树之皮拼凑，夹之以竹为扉，故云）。"

既到宿店，诸妓又来，资遣其余而留其一。问知刘姓行三，有母无兄弟，欲得良人而事，居常骨气颇自负。嫁人不需身价，并养其母；有少蓄，靠赌博亦足自赡，非专以夜口口为活云。谈次，伊母来叩头，竟有愿从之意。辞以家有老亲，且妻妾均备，子将娶媳，不日归乡，断不能做此事。思之可哂，随于其壁题曰："遍择山花兴转豪，细询乡贯意如胶；休疑蝶梦同乡梦，惟错无寥慰寂寥。一见留情洵不凡，为怜旅寄一身单（有孤旅何堪，愿从服役，不当自苦若此之劝，余辞以贫）；错将雅意殷留恋，野鹜家鸡不并栖。"次早从丰遣发，母女固却，再四始感而收。登轿起身，频订后会，步送下岭，含泪而返，殊多情也。

余曰，咸肉灌迷汤，谓为多情，可笑可笑！

原载一九三八年八月八日《晶报》

鼠 疫

清光绪五年正月,孙南周在廉州时,适有鼠疫发现,其所记如下:

廉州时疫发,遍地死鼠,奇极。好好活鼠由穴中走出数步,似觅食而滞于步,倏倒地,检视气已绝。凡土人一见死鼠,如避锋镝,不遑觅屋,人口先逃,无屋堪栖,通宵露天兀坐。其病曰冷子(亦称疠子),发无定处,四肢周身无忌;先塞热,而不终朝巨逾鹅蛋,小亦似鸡蛋,不周日必死,百无一二得全;非体弱块小,或幸轻减;然弱者少染斯症,反有壮盛毒重。其疠暴裂,血液流溢者,诚绝症。以余揆之,拟用西法剖洗,冀可施救,姑待也。

鼠疫西名 Bubonic Plague,中国之南部及印度之孟买,最易发现。西土已几绝迹,惟一九〇〇年旧金山曾发现鼠疫,盖由东方航船中之鼠传入也。鼠易染此种瘟疫而传之人,故西人之注重卫生者,莫不以杀鼠为要务。鼠疫一名"黑死"。

原载一九三八年八月十四日《晶报》

跳 鬼

孙南周日记中,谓廉州有跳鬼之恶俗。跳鬼者,以淫戏、淫曲敬神也。南周所记如下:

其俗有跳鬼者,诸如症险许愿,祈禳祷告悉用之,甚有运气不佳亦用。凡道士三四人,多至四五人,呼之道公老,以红黄之纸书符箓遍贴门道,植竹为长幡,鲜诵经咒,但唱俚歌,甚鄙亵,杂以鼓吹,淫词秽调,甚蠢俗。每多通宵,白昼罕观(觐)。更有大法事曰跳老羊公,人数略加一二人,桌上供设假脸十余,以男装女互相狎抱,歌词唱曲,房帏隐秘悉陈焉;少顷,跳跃追逐,两相扭结、翻斤斗、发虎跳、越板凳、登台坐桌,作诸丑态。化数廿千文,始克完此宏愿。凡在亲邻,莫不毕集听视,忘廉鲜耻。至廉州妇女及娼妓,有勿要听,勿敢仰看,其措词态状可想而知矣。

余曰,跳鬼者敬神也,以淫词淫戏教神,非敬之也,实媚之也。南方多淫神乎?否则何必以污状污调媚之耶?目下文化展达,跳鬼等俗,想廉州早已无有矣。

原载一九三八年八月十九日《晶报》

粤人不肯留须

孙南周之稿本日记中,谓粤人不肯留须,半是习惯,半为女色,想非通例也。兹姑录其原文如下:

余昔居乡,常闻粤人不发财勿肯留须,以为挖苦之谈,殊不知竟有相像之处。每有年逾花甲,两鬓苍苍而颔上光光者。市侩乡愚,固不足论,衣食未足,读书行道先生均如此。询之,据云,有求于人,衣食未足,自蓄妻子,有须更觉可羞云。铺户店主之类,似应留得,殊亦不然。据云,要发了大财,方可无愧。余揆其情,大半是习惯,小半为渔色耳。妇女见有须人,如吾乡之禁忌,人路遇尼姑,必吐口水(俗呼唾沫为口水)。(中略)古称男子为须眉,于粤人宜减作眉男可矣。此亦任性妄为,好胜伪诈之一端也。

余曰,粤人不喜留须,南周骂其任性妄为、好胜伪诈,以为非好色,即贪财也。南周对于粤人,何其苛耶?

原载一九三八年八月二十一日《晶报》

羊城三大

孙南周之稿本日记中，有下列之滑稽记录：

羊城（中略）三大，曰：（一）南番知县大，盖首领事烦及伺侍宪辕，不时传唤办差等为劳，所以外府州县到省，定拜首台，然向例不须回拜，差帖已为亲到，所以同寅说其架子大。（二）河下老举大，即妓女之称，其"举"字，云古有名妓"关举举"，由此而名。余曰，"李师师"不更有名誉，何不称"老师"？座有书生，色为之愠。言出难收，宜痛改。缘粤妓不事迎送，傲慢懒惰，奇物自居，故云。（三）城隍灯笼大（按南周于另一叶云，直量三尺有奇，高约四尺）。（中略）又有一说，乃挖苦粤人者，曰花无香、肉无味、男无情、女无义，家家门前供土地，天天唱戏杀皇帝。虽不尽然，确有八成实话。（中略）粤有三事胜于三江者：轿华稳快，豆腐白细嫩，厕洁藏便。每街必有数处用短板装，如盆汤，高约二尺，有门，可见首而勿露下身；底铺砂，小便即消，而粪用器拨置密处，无重迭，少臭秽之气，盖粪值亦不贱云。

原载一九三八年八月二十八日《晶报》

好胜嗜利

孙南周在下文中狂骂粤人。据彼之意,南方士商无不想发大财,亦无不想做大官者,人人横行,人人违法……持论太凶,不可靠也。原文如下:

南人好胜嗜利,乃本来面目,且性急欲速。如有子为商贾,而身为父兄者,心虽想其发财,而面上必须教其公道平准,理也。岂知不然,直以即刻发财督责之。不得,则失爱,苛咎之,鄙薄之。若读书,自然皆想发达。发科发甲,应该度德量力,静静修德用功,以待时来,而殊非是,一经动笔,即要成文,一经粗定,多方想法,形诸于色,糜计勿施,己力少歉,假之他山,务使遂欲,而效乡里之赫赫者之行为,于是乎公局名始列,而族党纵横,合家吐气,无所勿可矣。如此进身之士,而欲其居官廉仁,居乡守分,奚啻望荡妇守节,其能乎?富者之咎,但放重利,谋占田产等事,虽违犯,究之将本求利,事出有因,较之绅士之平地风波,陷人性命者,又为安分多多,不足深责也。质之高明知粤事者,定谓然也。

上文言六十年前事也。余意吾国之急公好义者，首推粤人，南周一时偏见，决非通例，断不可信。

原载一九三八年九月七日《晶报》

粤人好吃

孙南周在其日记中，称粤人好吃，恐事实也。兹录其原文如下：

杀生一道，粤中较盛，□其咨口腹，嗜食鸡鸭，且有初二、十六之祃祭，大家小户莫不烧祃（音迓）。铺头自必一定，即挑步担小贩，凡有三、五人合伙者，亦必宰鸡剔（音倘，即俗谓杀）鸭祀拜之，且有熏腊，□铺中用路甚广，即山僻乡村，无力穷寒，虽不能如□祭祀，亦必一日或□月□烧也。其食鸡鸭之法，并不讲究，只取其嫩，实尚未熟，剁开骨髓，鲜血淋漓，白醮而食，毫无可取。食必取母鸡未下蛋者，公者未啼；然母鸡较好，所以公者，非大种必阉割，饲养尚肥厚，可腌食。（中略）鸡鸭□哺，北边只在春天夏初；十月小春间有，然甚少，怕西风冷也。而斯地不然，如有大鸡□对，凡下蛋必抱子，子大再下再抱，连绵接续而使无蛋，所以蛋亦不贱，天时温燠使然也。六畜成群，猪羊满街，乱跑觅食，即宦官轿马，常反让之也。

原载一九三八年九月十五日《晶报》

南周游安南

孙南周游安南，虽去今已六十余年，其所记经过之地尚有迹可寻也。下引者，南周游安南之情形：

（上略）到东兴过河至茫街，墟市粗立，悉中人贸易。至海宁府，其城植竹为圈，不堪登守。人民瘠苦，街市清廖，房屋均是茅棚，且不接续。衙门如府署，亦系茅草盖面，黄土筑口，并未见破瓦。询悉伊国，砖瓦非皇宫勿用，民居衙署，悉是茅棚。省分不少，不知同否。余曾到其地名左京者，乃洋人据占者也，房舍一切，略同省会；生意繁盛，土产颇多，不似此地冷落。此处家无台椅，只有尺许高炕床一张，吃睡悉在于斯，坐乃席地。供祖先于炕之上面，壁上用竹帘蔽之。民不雉发，玄布缠头，官民一礼。进府署递以巨帖，请入盘坐炕上，有侍候人跪顶槟榔盘献之；少顷官出，亦穿长衣，外罩单长褂，略可三尺，赤脚，见余辈叩首，余照向例回揖，悉遵萧文翁之教，跪献茗碗；席地而坐，请其穿鞋，始敢穿，彼国以赤脚表敬也。惟言通粤语，彼此难懂，因去时匆忙，未及咨照，未邀通使，甚乏味。

安南早已改善，南周所述之情形想不存在矣。他日有暇，当亲往观之。

原载一九三八年九月十八日《晶报》

政治勿修

安南之亡，先割交趾支那，在清同治元年（一八六二年）至光绪八年（一八八二年），法兵竟公然占据安南之东京，则地图完全改色矣。孙南周南行，尚在东京未去之前（光绪六年），其时安南内政不修，官员贪诈荒唐，人民淫贱怠惰，无怪侵掠者乘机而入也。南周日记（稿本）中所记如下：

（上略）伊国政治勿修，国富民穷，（中略）官均两粤流民为之，考以诗赋，甚俚鄙，以贿得者多。品级大小，用伞盖多少别之。其伞如吾里黑油废伞，大可三尺许，缀以红巨绒球，执事无见。该国之人，非槟榔不能过（活），是以不论上下男妇齿皆焦黑。男女之别，惟女衣稍长。男女一体悉圆领袖，（中略）辨别惟胸前略高耳。裤悉开裆，脚约尺许。（中略）身甚秽恶，淫贱特甚，且不择地。使用烂板洋银，银钱少，泥钱多。（中略）民有千贯，官必抄没之。耕种工作一切，悉甚懒惰；口食有资，不肯再做。衙门治狱，全靠财贿。有小甲手托木匣，内藏纸笔，沿街问讯要告状否。如有事，即代捉刀，曲直全凭财力，是非半属人情。刑杖非轻，以拳大石球，装柄槌腿，虽不见血，槌数百骨为之损。枷用两枝竹夹颈，长可七八尺，坐卧行走均不便。别国官惧

讼多，怕理事烦难，伊国怕匿而不告，查察颇密，官要弄钱，小甲惧官究，且想分肥也。（下略）

余曰，内政如此，国焉得不亡乎？

原载一九三八年九月二十四日《晶报》

返钦州

下引者,孙南周自安南返钦州城之情形也:

(上略)谈次,见湖中船只形如蛋壳,装盐谷等物,约不过二三十担。船身光亮轻浮,迅如牛皮纸壳船也,缘该处山林丛杂,土旷山多,水浅口密,木船易于碎裂,土人用竹木为骨,缀以牛皮,并用树胶绵料之纸,既轻而耐撞碰,不致漏沉等病,异而记之。余于光绪六年五月二十五日返钦州,绘图叙稿,悉有州署经理。为幕友沈川如病,延搁多天。间时作游历之行,见该处妇女黑矗,头绾银丝圈,高可寸余,缀以银片二叶,形同圭式,高耸头顶,略同古时紫金冠,盘以银链,甚不壮观,只觉俗气迫人,且无嫌疑之避。淫贱盛于廉州,缘此间更不用钱靠做生意糊口,人以此陶情,如男人狎妓然耳。所历各圩,虎皮虎骨常常有卖,惟虎肉非天天准有,然三日一期,谓之圩天,鲜有无者,价约三四十文一斤,缘水土湿热,人嗜凉味,虎肉全阳性温,少有人吃。(下略)

原载一九三八年九月二十七日《晶报》

清光绪初粤省之戏

下面引文,孙南周记清光绪初年粤中演戏之情形也。南周赴粤作亲民之官,其对于粤人非独毫无好感,且皆以"仇人"目之;男人个个懒惰,妇女个个淫荡……难怪其失败而归,囊中只剩纹银数两也。本篇言戏,而谓其"恶至极恶,奸至极奸,淫乱反上,不一而足。"南周少见多怪乎?抑生性嗜骂人耶?原文如后:

按粤本化外,故朝廷薄赋少官,略示维系而已。然吾朝定鼎及今,已将三百年,自应渐渍仁厚之风,而敛刁悍之俗,何故而愈趋愈下耶?窃有一事,有关人心风化,故缕及之;如歌唱弦索,本升平乐事,惟弦索高亢,白口土话,锣鼓器物,种种不同,而腔调亦自成一家,即识者亦初以为广东调也。及细询之,始知是西皮二黄梆子,毫不入拍,尽失本来面目。若四川、河南、陕西、甘肃等省,虽微有不同处,要亦不失其真,且有愈翻愈好者,不若此间之生面别开耳。其演对虽属小事,然有关人心世道,故导人不善者删之,奸淫叛逆者掩之,或稍露锋即遭刑戮以儆之,所谓不失其真,而寓劝惩之意也。粤中班子甚多,价也不菲,而所演有正本、出头之别。出头略似外省而关目不同,开场必演苏秦封相,仙女送子,而接正本。从中所演,恶至极恶,奸至极奸,淫乱反上，不一而足，既失其真，又有导人为恶至极之叹。每必边关造反，失守请救，被困再救，定遣御弟二王、御妹皇姑救之。临行必嘱勿纳西宫，勿用奸臣；既去，必纳宠妃，信任权奸，忠良遭难，败坏朝纲，乘机反叛；夹杂调喜奸淫，土人称为勾脂粉，极易得手，每多雌赶雄者。淫荡本其天性，加以描摹尽致，而使淫秽之声、狎亵之态，蠢俗至目不忍睹，耳不愿听。（中略）戏班之优劣，在花旦工价小，武生好歹为断。更有奇处，勿论貌之妍媸，而在淫俗之态状，务尽其蠢，（中略）且年纪勿论也。

原载一九三八年十月一日《晶报》

自求多福

书友寄来手写本笔记一卷，题名曰《自求多福斋随笔》，寥寥数十叶。余初不重视之，后仔细检阅，知著者姓郑名昌棪，清同光间浙江海盐人，曾译《前敌须知》等书。《自求多福斋随笔》，一名《曼仙随笔》，未刊稿本也。

《随笔》之叶数虽少，而所言之事极广，有军政，有外交，有科学，有医理，有理说，有书后……兹先抄录"热水治病法"一则，有用而无害也。治法如下：

> 热水可救急病。舒德卿本习西医，夏间忽患冷痧，手足冷如冰，汗出如浆，冷腻异常，指甲变黑，螺纹缩瘪——俗所谓瘪螺痧，肢体已僵，而不能知觉。急用大热水，倾满洗浴缸，身入热水内而露其颈；频加沸滚之水，约五分时许，而肢体得热，可以运动，出来揩拭，不多时，又冷如前。将缸底木塞拔去，使凉水漏出，复用沸热水，而身体仍浸热水内，即渐知暖。如是五次。而身体便复常矣，此热水之大功也。（中略）热水浸身法，较他法更效。凡有冷痧症，交起仓猝，服药不及，急用椭圆式浴缸，注满热水，身入热水中，而仅露其头颈，凉则频换热水。身体无一处不得热，血脉流通，四肢复温，而病愈矣。若用平常浴盆，上半身仍露出水面，而水气熏蒸，

皮肤仅得潮湿之气，传散热度，分外加速，是加以寒也，即用热水手巾揩身，亦然。以是全身须浸入热水内，庶百体得热，无传散热气之弊，斯为良善。

热水治病法，因其简便有效而录述，非所以见昌揆文字之美也。下次拟录"劝戒淫"文，则郑氏之创作矣。

原载一九三八年十月十二日《晶报》

戒　淫

下文录自稿本《自求多福斋随笔》。著者郑昌掞，清同光间人，籍浙江之海盐，善文字，通西语，攻究科学，注重道德。其"劝戒淫"文，多善语好言，兹录之如后：

嗟乎，尘世茫茫，色欲误人，比比皆是！古圣贤棒头醒喝，得以悔过自新者，固不乏人，而迷途不悟，甘堕孽海，大都祸福利害，不及计较。迨至月缺花残，风流安在？冥诛惨报，忏悔莫由，讵不可伤之甚欤！余今为譬晓之：一见美色女人，作自己姐妹观，淫心可以不起。第一要忍耐心：欲火所炽，不过片刻，能当场力制；与其犯之而后悔，不若不犯而免祸；且快乐者只一刻，而懊悔者不止一朝；况其中滋味，不能常留在身；美者不过如是，即不美者亦何尝不如是？人能忍耐力制，后日有无尽之愉快，而祸福利害，犹其余事。第二要狠忍心：彼有色，我视为恶色；彼有情，视为恶情；彼即妖媚百端，我视魔魅万变——忍心割爱，不见可欲。过眼无异云烟，久之恍隔尘世。悬崖勒马，所争几希。天知神知，报应不爽，何快如之！以是闺女贞静，一不可犯，不犯所以完其璞。良妇幽闲，二不可犯，不犯所以全其家；况我淫人妻女，人亦将淫我妻女。凡堕花柳涸中者，其祖宗必多淫荡，作孽自受，还报不差。若夫守节寡妇，含辛茹苦，情更可怜，保之全之，犹恐不逮，况敢犯之耶？节妇之夫，虽死而魂常在，譬如当其夫前宣淫，情形无殊强暴，设身自处，情何以堪？见节妇者，当作菩萨观，则敬心自起，必不复萌恶念矣。女尼群居，阴气满室，犯之必自不利。婢媪依我，衣之食之，情有可怜，彼亦人之妻女耳，何忍犯之？至于曲院勾栏，千金买笑，划尤不值得，试思若辈涂脂抹粉，似玉如花，无非骗我银钱，岂果真情相白？愈艳者阅人愈众，阅人愈众者含毒愈深。无论受毒溃烂，伤妻害子，倘或肢胎一结，生男已成龟子，生女必更作娼，以祖宗宝贵之种，狼藉于污溅之地。清宵自问，悔恨不胜。由是以观，一切邪念，俱当可却。全身远祸，实为自在神仙；守己完人，的是当今豪杰。愿人子弟，听我好言！

上文"癸巳年重阳日作于沪南格致堂"。查癸巳即清光绪十九年（亦即一八九三年），是时昌拔之女名珊姑者，已于二十八岁（清光绪庚辰）时死矣，可知昌拔自己年岁总在五十左右。光绪十九年，去今已四十五年，则上文之著者，几乎百岁，想不在人世矣。沪南格致堂，非在制造局内，即离制造局不远，因昌拔通西文，译西书，必与制造局有关系也。

原载一九三八年十月十三日《晶报》

赌　博

赌博一事，吾国最盛，沦陷区域无从查考，至于孤岛，则几几乎每里每弄必有牌声，日夜不绝。余幼时亦喜此道，惟为期不久，只一年有余，自廿八岁之春至廿九岁之秋也，今已多时不弹此调矣。非戒之也，实憎之也。缘分尽乎？抑精力衰耶？海盐郑昌埮之（稿本）《自求多福斋随笔》中，有劝戒赌博之文，言颇近理，吾人应注意之。兹照录如后：

（上略）角八（？）盛行抄马张，嘉兴盛行倒铜旗，苏州盛行碰和，男女混杂，连宵达旦，风俗之坏，大半由此。（下略）

碰和等赌博之害，虽较他赌略轻，然玩物丧志，儒门所斥。尝见友人嗜好多端，一碰和则百事俱忘；每逢好风景，亦荡舟中流，而目无所睹；有喜庆事，则聚团一桌，正务转废，卜昼卜夜，邪径潜生。谓散心乎？而心反劳；谓养身乎？而身转苦；谓图利乎？而利少且累多。然则彼何为而乐此不疲耶？吾知之矣；人生福少患多，凡命薄者，有福亦不能享，置身佳山水间，而心目仍隘，寓居极繁荣地，而寝食不甘，盖天所以限之，其人亦殊可怜矣。

废时失业,莫甚于赌,岛上人以为非赌不成"公馆",其实书寓中亦常常雀战,且岛人有专以摆碰和桌为职业者。

原载一九三八年十月十六日《晶报》

冤鬼索命

海盐郑昌惔，通格致，译西书，清同光间之新学家也。其稿本《随笔》中记珊姑之死，虽多趣味，未免迷信。兹照录如后：

余女珊姑年二十八，被前世冤鬼索命而死，此阴律之不可解者也。珊姑前世是男子，有一妇为其所害，以故今世受此惨报。此虽无稽之言，莫从显究，以理断之。此恶报当在前世，而今世何罪，乃为是骇世之报应乎？（下略）

（上略）珊女于（庚辰）四月十一日自苏来沪，二十七日往三昧庵进香还愿，归而即病。六月初病复剧，家中人延女巫问之，谓有前世女冤鬼，进香时适相值。嗣复询他巫，言亦相同。家中女仆早起下楼，瞥见有一衣蓝色妇女在梯下，倏不见。十三日珊女背臂间觉有数处作冷，忽乱战。余亟执其手，六脉急疾，片时始平复。十四日早，婿汪宝卿至，言笑如平常；晚又病甚。十五日，小腹大痛，至午大腹又痛甚，坏症百出。至十六早遂卒。弥留时，怒视女仆曰："汝何害我，今不相让矣。"舌缩又大言，声变不知作何语。由是观之，则巫者之言信然矣。（下略）

又一女巫能招魂作珊女，言"阳寿未绝，不幸为冤鬼死。他无足恋，惟老母暨三龄女孩，不忍释然耳。我魂常归家，母勿以我肉身回苏，不我食饲，谓母每日午餐，仍如女在日，给馔食我。我被拘，母常招我，彼乘舆出，彼略索费而已。十月间可出罪"云云。其母为余述之，涕泗满襟；又云："某夜大叫，某夜又至，移桌椅闻否？"询之家人，果相符。然则无谓鬼无灵也。

昌揆之《随笔》中，有"魂灵说"一篇，确是当时之时髦古文，他日当录之，以实本《晶》。

原载一九三八年十月十八日《晶报》

苏州被轻视

郑昌棪，即《自求多福斋随笔》之著者，对于苏州及苏州人，似无好感。兹先引最短者一则以见之：

> 苏州无好炭用。予于己丑春嫁女彭门，内人病，晚间求茶水，因用炭团炖茶，屡次熄灭。遍访好炭团，烧极红，不多时仍熄灭，殊觉苦累之至！上海炭团甚好，予颇得其用。日后如赴苏，须带炭团去。

炭团好歹，与文化或道德之高下无关，苏籍本《晶》阅者之见此者，不必恼怒也。己丑，即清光绪十五年（一八八九年），棪之长女名珊姑，已于光绪六年庚辰（一八八〇年）逝世。此女不知何名，婿姓彭，名静一。棪之妻朱氏，于光绪十六年庚寅（一八九〇年）逝世。其《随笔》中云：

> 庚寅九月初，余病甚剧。内子朱孺人间有痰喘症，精力渐衰。因余病，忧急万分，日夜祷神，愿以身代。月既望，内子遂病，延至二十五，唤之应，次日即绝。彭婿静一挽以联云："爱我等亲生，两载和依，甥馆恩多惭未报。为夫甘减算，半途永诀，瑶京人远怅难追。"

盖纪实也。

彭是苏州荰门大姓，静一不知是现今名画家彭恭甫兄之何人。下面引文中，昌掞简直骂苏州人矣：

> 苏州风俗人心之弊，莫甚于"写意"。"写意"者，即大意也。事事大意，无一用心之处，遇有必不可草率之事，亦以糊涂了之，号曰"写意"。苟有认真者，目之曰"戆"，尤属奇谈。若杭州风气，则异于是。是以杭人之有才者，尚能干大事，若苏人大半阘茸已耳。少年子弟，一沾苏俗风气，即不可救药，慎之，慎之！

原载一九三八年十月二十三日《晶报》

灵魂说

人有灵魂乎？无灵魂乎？此问题曾经许多哲学家之研究，而仍无完美之解决。下面抄引之"灵魂说"，系海盐郑昌棪所作，见于其所著之《自求多福斋随笔》中。吾辈阅之，似多腐气，但在清光绪初年，却是一篇时髦论文也。郑氏之文如后：

呜呼！生死之际，岂不大哉？人身之生死，即灵魂之终始。灵魂由气以生，有气斯有身，有身斯有脑，脑为灵魂所舍。苟无身，乌有脑？无脑，则灵魂何由存乎？人与万物，莫不以气为生，以气为养。气聚则生，气散则死；气清则灵，气浊则蠢。灵魂即气之类，而特不能指其实质。吾人不能名，仍名为魂。彼西国格致家考验物质，虽极微渺，亦能辨之，独于灵魂无质可辨，盖人死而气即散，无法使聚为一质而取以考验也。然则人求灵魂，乌可得而求之哉？夫灵之于人，如冷热之于身，声之于耳，力之于气，可相觉而不可相求。西国不信鬼神，即由此止。顾西教确有灵魂之说，大凡人之灵魂，非能自灵也，得凭脑髓之知觉而灵也。每验病者，脑无恙则神清，脑有恙则神昏。至于死，则脑髓已败，魂何由灵乎？然有鬼或灵，如轻生自尽，其脑本无病，魂本至灵，故死则神爽如生，素性不改，且有声有力，可以凭物为祟，久之风吹雨耗。雷惊日烁,其清爽亦渐渐澌灭而无复存矣。(中略)由是言之,人之身体,岂不宝贵?无脑髓,即无灵魂,人当梦寐之间,灵魂出舍,即已茫昧,人死而灵魂不更茫昧乎?然则欲灵魂永久灵明,如何则可?曰,其惟明明德乎?大忠大孝大节之人,一念精诚,至贞至固,与天地之气,足相抗敌,不为磨灭,所谓正气是也,灵魂即离脑髓,犹得凭正气以生。人生数十寒暑,不及早修省,以保卫我灵魂,后日追悔何及?吾愿天下人相共宝贵之焉!

原载一九三八年十月二十五日《晶报》

中西妻妾

男子非独可以娶妻，并且可以纳妾，此吾国旧时所许也。交通便利，欧俗东来，生活与法律因之而变，而讨小老婆者，则成刑事犯矣。郑昌掞在其所著之《自求多福斋随笔》中，提及娶妻纳妾之道，兹录之如后：

俗称娶妻娶德，娶妾娶色。吾以娶妻娶妾，先要娶才。妇人总以才德兼全为贵，而色其次之。尝观富贵人家，中闱无人，奴欺仆侮，至败坏不堪问。若有主妇才识高远，能知大体，则约束内务，井井有条，人断无由售其欺，光前启后之美，即可由是而基。是以娶女之先，详加探听，不可造次，致贻后悔。闺闱有才德。诚祖宗子孙之福也，予深愿之！

上论极是。其中"娶妾娶色"四字及下一语之"妾"字，倘然省去，则今日仍然适用。至于下段引文，言西俗男女，则昌掞未免误谬矣。文曰：

（上略）西俗男女无别，任意混淆，每逢节会，联翩接踵；暧昧苟且，所在多有；彼此相悦，遂订婚媾；并不由父母之命，媒妁之言；相悦苟合，与禽兽何异？夫妇人女子，以廉耻为本；中国大家妇女，无敢自逾短垣；

所谓先王礼义之教，入于人心者深也。若一逾越，如娼妓淫尼，有何顾忌？彼西人妇女，人人自便，习以为常，即为其父母，为其丈夫者，恬不知怪，故永无破案者也。然则中国周孔之圣，固宜为万国宗仰哉！

按，西女择人而嫁，则凡男子之丑而贫者，终身不得娶。又西例不准娶妾，是以正室无子，则往往终嗣，西国生齿之寡以此。

原载一九三八年十月二十九日《晶报》

论教育

海盐郑昌棪。在其《随笔》中,有下引之歌:

教子幼孩须及早,
应对进退当则效。
若然酬应少箴规,
出门冒失惹人笑。

此歌言教育,简而赅,凡为父母者,皆应知之且实行之。昌棪说教育,尚有较此更明白之文字,兹录数则如后:

（一）天之生人,大抵中材居多。中材不加策励,往往流为下愚。而去上知愈远,更或沾染恶习,无严师益友挽回之,将中材面目尽失,便为下流之人,终身废弃。（下略）

（二）子弟之绝顶聪明者,不易多得。惟恃教法之妙,有以开浚其性灵,启发其智慧。心欲其灵,机欲其活,神不外散,志不令苦。神不外散则心专,必其书室清静,无妇女声,无纷华物,无杂务以分扰之,——斯真专心矣。顾终年孜孜，功课过密，纵能读尽诸书，亦不过成两脚书厨，而性灵全然泪没，要他何用？以故志不令苦，则趣生，趣生则机活，机活则心灵，而智慧不期而日增。（下略）

（三）读书用功，必居省会，或肄业大书院，或集良朋会课，以收观摩之益。俗话谓乡下第一，城中第七，以一乡一邑，益友不多。略有胜人处，已属庸中佼佼。遂予智识自雄，谓人莫予及，工夫即不复进。迨至省会，观人才济济，便自惭形秽，因此发愤者有之。余尝谓举业工夫，往往得益于名师者少，得益于贤友者多。名师高不可及，而贤友则讲论切近。凡工夫精进，大都由相形见绌而来。（下略）

昌焱精通西语，而《随笔》中之文字，全不欧化，可见其国学根基之深也。焱通西语，有二证据：（一）曾译《前敌须知》一书，又常译各国新闻以呈当道。此皆《随笔》中自言也。（二）《随笔》中附有上海别发洋行一八九〇年发票一纸（八百零二号），内开《白多赉氏文法》（*Butler's Grammar*）十二册，计洋十元，收货人制造局郑博士，日期九月卅日。昌焱所记欧美婚嫁，颇多误谬，似未曾留学外洋而获有学位者，则"博士"或系"进士"之翻译，亦未可知。彼购文法十二册，用以教授初学耳。

原载一九三八年十月三十日《晶报》

对联学书

《自求多福斋随笔》著者郑昌棪,自号春蔼主人,浙江海盐籍,其《随笔》(稿本)第二叶云:

余家在海盐北门外东堰上清祥里,先世愚公公别墅,遂家焉。舍东南有大池,里中人称为陆家池。远近并无陆姓,想当初系陆姓之产。海盐僻在海滨东偏,堪舆家谓地脉水势至盐邑西门已止不复东,是以城之东北无贵家大族,识是故也。余家单传已九世,至余昆仲二人,仲死无后,唯余独存,又单传矣。然世代书香不绝,以有东南巽方之水主文曲,其信然欤?

昌棪善于联语。昔年游盐,曾于东门外海塘上观音庙内,见其所撰所书一联。联语如下:

孽海汪洋,劝君牢把舵儿,渡登彼岸;
灵山咫尺,待我广添筏子,接引善人。

今又于其稿本中前后各叶内及封面上,获见许多对联,兹择最佳者,抄录于此:

(一)肯出力,肯用心,此恰西人大本领;

不务名，不求利，便成今日好男儿。

（二）收神除孽火，

　　　报德首天亲。

（三）彼岸可登，随千手观音同去；

　　　这回不算，换一个身体重来。

昌埮书法赵文敏，流利美丽，草而不"花"。其论书法云：

临池学书，人每置一名人字帖于前，看一笔则写一笔，依样葫芦，形似而神不似。又有看一字而写一字，不管其笔意何如，丰姿何如，信笔直书，与帖毫不相关，终年孜孜，竟不得古人形貌，所为帖自帖，而我仍我也。吴兴钱司业楞仙（名振伦）主讲紫阳，每日看帖，仔细端详，熟复不释，一日只看一页，必数十日始毕一帖，周而复始，并不参观他帖。监院陈琴斋广文（名其泰），日见其看帖，从不临池摹仿，而所出手札，字字皆得帖之神髓，疑而问之，则曰："临帖不如看帖。临则一笔即过，看则熟烂目中。看之既久，即不看时，而帖亦常在目中，举笔便出一辙矣。"此足以告世之好临帖者，诚学书之妙法也。

原载一九三八年十一月五日《晶报》

治家之道

海盐郑昌掞，道学家也，试观下面引文即明：

绅富家蓄俊仆佼童，往往乱闺闱。又三姑六婆不进门，亦少暧昧之事。平日禁止观剧、烧香，而多贞洁妇女往来。所谓近朱者赤，近墨者黑，盖杜其渐也。仆婢愈少愈妙，若辈贪鄙污下，最为难养。张友山任苏藩时，予在幕中，司阍一老成人，跟仆二人，年皆四五十许，余仆皆短雇，亦不过二三人，足给使令而已，清静简约，内外肃然，可以为法。

吾国当此抗战时期，一切应当节约，昌掞所说，凡富家大宅，皆有采之之必要。下引者，用人之道也，亦录自《自求多福斋随笔》：

用人之道（中略）恩多则滥而不振，威多则离而不安。鄙意（中略）仆媪察可用者倍其值，先令无内顾之忧，亦必令其家人骨肉聚居邻近，衣食给足，便可安心仰事于我，而我随时得以约束之；彼恋我之优值，惧有过失，累及家室，则皆效忠竭愚之不遑，何至有意外之变哉？（下略）

下面数语,亦有价值之劝告也:

姬妾婢媪多者,闺闱必能防范,往往有帷薄不修。余以为深闺之内,宜延旧家□正妇人主持内政,每岁脩善优厚,如□一般,随时教训约束;而闺闱以外,有老成忠仆,往来无轻薄引诱之人,则可保无事矣。

原载一九三八年十一月十三日《晶报》

学做好人

学做好人，不在经济之宽裕，亦不在功夫之闲暇，只要有心而已。所谓有心者，又非"存心为善"，以慈善事当作职业看之意。试阅海盐郑昌埮之言（即下引者）可以明矣，原文见（稿本）《自求多福斋随笔》，兹抄录之，如后：

昔有士人，遇其已故之父于京都市肆，亟追之。父曰："汝但学镇江太守葛繁足矣。"言讫不见。士谒葛繁，繁曰："吾力行利人之事，四十年来无虚日。"士问何为利人之事，繁指座间踏子曰："此物置之不正，便碍人足，吾为正之。人饥与以食，渴与以水。言语动作，凡可利人者，随时随事，量力为之。但不可当面错过耳。"（中略）予谓行方便利人事，首诫当面错过。吾辈当面错过之好事，不知凡几，亟当随时省察，以力行为要。

阅本《晶》者，不下万人，倘各人将家中无用之物，如旧鞋破衣等，自动赠与难民，则彼辈必能不寒矣。或将……（请阅本《晶》者，细思而自己填补空白，即虚点），则彼辈可以不饿矣。

原载一九三八年十一月二十日《晶报》

命 运

海盐郑昌掞，相信命运者也，其《随笔》中所言，年老如余者阅之，颇合情理，兹录之如后：

（一）语云："一命，二运，三风水。"天下之人，孰能超越于命运之外而成事哉？人生富贵显荣，皆由于命运，而本领其次焉者也。有大本领而命运俱顺，即为一世伟人。命运极颇而无本领，则享庸福以了一生。是以草莽雄杰，其本领不可一世，而卒无成功者，以命运不顺也。命运顺，则天顺人顺，何往不顺哉？是以君子居易以俟命。

郑之《随笔》中，尚有其他言命运之文字。兹择较佳者，再录一则如下：

（二）孔子曰："得之不得，曰有命。"大哉，圣人之言也！予尝静验人事得失，中有命在。其得也，命也，不必谢天而感人也。其不得也亦命也，不必怨天而尤人也。彼无端而得官，无端而得财，无端而得艳妻美妾，无端而得佳子贤孙——本冥冥中有自然之道理，不得强求，所谓命是也。强求又乌能得哉？予知命者也，知命故安命。

依照上面引文推想,可知昌棪不富不贵,不十分得意者也。现代青年,仿效西人,深信人定胜天,此进步也。今人心理,似较古人为强,其努力与成功亦超过之。

原载一九三八年十一月三十日《晶报》

辑二

殊方风月

打屁股的堂子

《晶报》编辑先生鉴：

顷读本月念五日贵报《女同性》篇，佩服之至。同性交，西名"合膜色格寿理的"①不专指男人，亦可指女子也。越旧藏西文小说中，似有言及女同性之故事者，惜均被焚，无法查阅。近来西洋"色欲"界已离性交，而言鞭挞。鞭挞名"Flagellation（福来吉星）"，即打屁股之意，有喜打人者，亦有乐于被打者。此种书籍，英国禁售（英人亦不喜读，英人喜读富贵团圆一派之小说），法国盛行，美国无从查考。闻巴黎打屁股之堂子极多，其设备较学校中之仪器为贵，未知确否？此请台安。

弟　周越然上

《晶报》编者注：据云，清代中叶出版的《品花宝鉴》上第五十二回仿佛就有一段，说："又听得两下轻轻打着颃，像打在屁股上的声，又听嗣徽低低道：'乐哉乐哉，其乐只且，其乐只且'念了两声。"可见得欧洲无打屁股之前，我国已早流行性欲中的打屁股了。

原载一九三三年三月二十八日《晶报》

---

① 即homosexuality之音译。

《按摩女日记》提要

此书定名甚佳，实质不佳。原本法文，余所阅者，英译本也。

全书一百九十一页，分十七章。第一章，言发现此日记之少年，依医生之嘱，往乡间休养；第二章，言数日后，少年因无伴侣而觉烦闷，翻阅小说，亦无济于事；第三章，言少年于阁楼上旧桌中发现此日记；第四章，言少年决意刊行此日记；第五章，载少年细细读日记之情形，少年（即发现日记者）名懒无力（La Vrille）；第六章，日记开始。记此日记者，为一乡间牧师之女，名徐莲德（Juliette），父母双亡，无法过活，只得出外谋事；第七章，言莲德抵俄京，为某伯爵家之保姆，伯爵性凶恶，其夫人甚慈善；第八章，言某夕莲德因事赴公爵室中询问，即被其强行奸污，心甚不甘，然人地生疏，哭诉无门，只得自动告退；第九章，述莲德已抵巴黎，间读日报附张，见有招请女职员之广告，内一则最相合，遂作书自荐，事成后，始知主妇名许雪丽（Cecilia）者，实本城最著名之私娼也，莲德为其伴妇，几有一岁之久，后因雪丽之顾客，有专为莲德而来者，又因一部分人反疏雪而亲莲，莲遂不得不告辞而出；第十章，莲德迁居旅店，穷途末路，止有学效雪丽，以求衣食，然顾客寥寥，而所遇者多穷措大，心惨意闷，无计可寻者久之；第十一章，言莲德吃尽当光，勾引无方，其苦不堪言状；第十二章，言莲德入医院为看护妇，立意为一有贞操自立之女子，然无意中又看上医生之助手名佐治者；第十三章，莲德与佐治实行同居，因佐治进款不敷家用，莲德于家中设按摩院，而自为施术者；第十四章，述纯粹施术，进项不多，莲德不得已遂稍开方便之门，然此非佐治所知；第十五章，莲德正在开方便法施术时，为佐治所冲破，即大声骂曰："烂货！烂货！"莲德离佐治而与被受术者同居，然莲德非佐治不乐，补救乏术，忧闷万分，每日必往赌场，意欲减少其不快也；第十六章，言莲德之死；末章，只一页有半，发现此日记者懒无力之评语也。

此书印颇不佳，似是翻刻，误拼之字，多不胜举。其事实虽似可能，决非真有。无诤君欲余翻译目录，上述者想不能满其雅意。然余不文，不能形容，而又无暇，其能谅我乎。

（乖乖按：即此提要，已可想象书之内容，妙哉。）

原载一九三三年四月十三日《晶报》

《摩女日记》①之一节

以下皆徐莲德所记,见原书一七一至一七二页。

此一月以前事也。时在下午,天气酷热,本城吾母(译意,即 Notre Dame)教堂顶上之承水器有被熔化之虑矣。余惫甚,乃在低帆(译音,即 Divan,沿壁有垫之长椅也)上假寐。百叶窗虽紧闭,而金色之光仍能达入,照耀全室,使空中飞扬之微尘,愈形显露。

街上绝无行人,绝无声息。生命本身似已被迫而就寝矣。然于一切皆空中,有姆姆之声如从远处而来,(吾夫)佐治已往罗森堡(法德比三国交界之城名),正在栗树下乘凉。忽然门铃当当数响,余惊醒,启门,见年老之上校(被施术者)已到。彼今日之情形与他日不同,目中发光,现露一种高兴与神气,在门口即与余接长吻多次,炎气反有益于彼之身体无疑也。然彼今日之来临却非时也。

余倦极矣,全身乏力,腿软如棉,虽然余亦不得不容忍之。上校已躺于低帆上,静待针刺矣。余先以鞭重挞其身。余恨此老贼来惊醒我也,故鞭下并不留

---

① 即作者已介绍的《按摩女日记》。

情。后弃鞭，以针刺其一体，针针之肉，几成一制衣者所用之针插。余刺针时，心中怒而又乐，口中言曰："畜生，受用么？猪猡，再给你一针。要么？要么？弄死你是我的志愿，猪猡呀！"不久，彼兴益豪矣。余方倦息低帆，彼骤作饿虎状，一如饥者之抢饭吃也……彼身上之汗珠多极矣。

房门忽然推开，阳光中现露吾夫佐治。彼狂叫一声静立不动，约数分钟后即退出，带笑而言曰："我扰乱你们了，请了。"

余上天无路，入地无门，羞极矣，惭极矣。

原载一九三三年四月十五日《晶报》

西"妓"字汇

汉文"妓"字,从女支声,言精于艺之女子,一文雅之名词也。俗语之长三、野鸡、淌白等等,远不及矣。闲考西语辞书,言"妓"之字,可以互相换用者约计五十。兹择最通行常见者作一表,以供好事如余者之研究。表中每一横行,先阿拉伯号码[①],即西字依字母排列之次第,再原字,再译音或译意。译音者,汉字后以尖角为记;意译者,以圆点为记;译意而兼译音者,则用双号。

一、adventurese 爱德文德士 △

二、advoutress 安得无餐事 △

三、baggage 摆架子,行李 △〇

四、bawd 褒德,庖代 △

五、bitch 雌狗,婢姬 〇△

六、chippy 趣婢,吃笔 △

七、cocotte 咕咕啼啼 △

八、courtesan 绞得善 △

九、cyprian 捷不灵 △

十、demimondaine 半世界 〇

十一、demirep 半名誉 〇

---

① 格于编辑体例,已改作汉字。

十二、drab 毒辣，蛋白 △

十三、everybody's wife 人人之妻 ○

十四、fille de jole 快乐女，妃艳德端 ○△

十五、fornicatress 巫女家得势 △

十六、grisette 蛤蜊施德 △

十七、harlot 黑老 △

十八、harridan 黑里淡 △

十九、hona roba 好老婆 ○△

二十、hussy 黑洗，喝水 △

二十一、jade 卷袋，俭德 △

二十二、lorette 老练的 △

二十三、minx 敏给事 △

二十四、mopsy 貌不衰 △

二十五、mtss 迷施，阿姐 △○

二十六、nobody's wife 无人之妻 ○

二十七、petile dame 小妈妈 ○

二十八、piece 一片，皮细 ○△

二十九、prostitute 鸨司提督 △

三十、punk 碰开 △

三十一、quean 奎红 △

三十二、rib 力霸，肋骨 △○

三十三、sapphist 沙妃之徒 △○

三十四、skit 施技的 △

三十五、slut 细乐多 △

三十六、stpumpet　赛东坡　△

三十七、street walker　街行者　○

三十八、trollop　土老婆　△

三十九、trull　图乐儿，土老二　△

四十、unfortunate female　不幸女　○

四十一、unfortunate woman　不幸妇　○

四十二、wanton　枉荡　△

四十三、wench　温姬，文姐　△

四十四、white slave　白奴　○

四十五、whore　花儿，货儿　△

四十六、woman　武猛，妇女　△○

四十七、woman of easy virtue　驯性妇　○

四十八、woman of the town　城市之妇　○

上列表中，以八，二十九，三十七，四十五为最普通；译音最便利者，则三，十二，二十九，三十九，四十三，四十五是也。乞阅者注意。

西文诗歌或散文中，绝少提及妓之质性者，惟近年肖伯纳有"彼也是一种优秀份子，然彼实为命薄的"一语。又亚拉伯的诗人华马氏有"取金钱，丢名誉"一语，为欧美人所传颂。

原载一九三三年七月十一日、十三日、十七日《晶报》

妓院字汇

妓有住所，俗称堂子。彼等自称曰"生意上"，"上"音"浪"，苏音。汉文中尚有妓院、妓寮、娼家、青楼、勾栏等等名目，字面不同，意则一也。

昨有久读《晶报》之友人来信，谓余既作西妓字汇（见本年七月十一、十三、十七日《晶报》），应即加编妓院字汇，盖妓不能无居所也。友人又问西洋小说以妓为主人翁者，共若干种，可否各作一提要在《晶报》发表。言妓小说，余已查得有三十三种，皆欧美名家手笔而由大印刷公司出版者；作提要不易，天凉当为之。西文表"妓院"之字有九，兹汇作一表如下。

表中译音之字，以尖角为记；译义之字，以圆圈为记；双译，用双号。

一、bagnio　白玉，伴浴　△

二、bordel　鸨儿台　△

三、bawdy-house　鸨的屋　△〇

四、brothel　鸨所，嫖处　△

五、house of ill fame　伊反好和，劣名室　△〇

六、lupanar　侣配纳　△

七、red light district　红灯区　〇

八、stows　死都市　△

九、yoshiwara　要死活拉（日本东京官妓区）　　△

原载一九三三年七月二十三日《晶报》

西妓收入

妓女每人每年收入似无统计,此各国皆然也。惟著名之小说中,间有提及此者,兹就所知者开列如下:

(一)费丽女,每年四百镑;

(二)傅阮轩,每年四百镑;

(三)鲍吉史,每年四百镑(得主于中途转租与他人,得一千四百四十磅);

(四)范牡丹,三百六十镑(此客人为彼赎身之价也,以同居一年为报酬);

(五)聂乐,三百六十镑(赎身之价);

(六)翁毕丽史,一千镑;

(七)罗丽,二千四百镑;

(八)安吉利姑,三千镑;

(九)马桂烈德,四千镑(此专指每年之开销而言);

(十)失名,四千镑(此专指每年之净余,开销不在内);

(十一)高绿珠,一万四千镑;

(十二)媛媛,四万镑。

每镑约华币八元,四万镑即三十二万元也。

再英语古歌云:"有女出入穿绫锦,口操英语和拉丁。"儿时读之,不知何意,今始知其为咏妓者也。

原载一九三三年十月十八日《晶报》

妓　术

阿雷底奴（Aretino）著有一书，题名曰《对话》，内分六份：（一）《尼姑之生活》，（二）《少妇之生活》，（三）《妓女之生活》，（四）《妓女之勾引》，（五）《男子之背信》，（六）《鸨母之魔术》。所以名之曰"对话"者，因书中大部分皆安东尼（Antonia）与娜娜（Nanna）两人相互之谈论也。全书插图丰富，文字古雅，读之颇多兴味。末附一剧，题曰《娼妓》，亦欧洲名作也。

第三份中，有《说谎者》一篇，言某妓于一夕之次晨，即得各客赠与极华贵之衣料，其方法即吾国所谓"开条夫"也。第四份《新计略》篇，言某妓女如何将一野鹅继续出售，得价数百元，此与吾国旧时妓院中赠鞋事，大同小异。可知古今中外，妓术多相类似，因人心实无不同也。

书中常称妓业高尚，竟有亲母教导女儿为妓者；亦有女子多方设法，请人授以妓术者。依余所知，类此之书，世不多见也。

阿雷底奴，意大利讥讽家也，生于一四九二年，卒于一五五六年。生平到处被逐，然贵族之与之为友者亦不少。曾著杂剧诗歌多种，其与"友朋通问"尤为人所重视。据某传记者云："阿氏之言，易入王侯之耳、妇女之心"。若然，则其人之品行可知矣。

原载一九三四年二月二十四日《晶报》

十个男子

性学同志老友某君,欧游归国,见面后余即问以佛国[1]人近况。彼云:"佛人好色,已成天性,小说所言皆事实也。余有短歌一首,可以总括古今佛人之真情,惟余不善歌……"余曰:"请不先谈优劣,从速说出歌来。"某君又曰:"歌不甚佳,如有错误,乞代改削。"歌共四句,乞借自来水笔,让我写出来:

> 十个男子九个嫖,
> 不嫖必定有蹊跷;
> 倘非天阉不成器,
> 当是身体吃勿消。

原载一九三四年十一月十三日《晶报》

---

[1] 即法国,下文"佛人"即法国人。

岛女自述

米籍①友人某君，曾游非洲之埃及国，其于萨伊德港（Port Said）之繁华处，获见一欧西岛国国民之为娼者，年少貌美，不觉大异，遂用种种手段如以金钱"塞狗洞"等，得此女所以来非执业之趣史。兹节译之如后，引号中之文字皆岛女自述之辞也：

"我确是岛国国民，我母尚在，现居赫尔城，我父为军官，早已逝世。当我十四岁的时候，我爱上一个男子，比我大三岁，我真爱他，我想我以后不能再爱别人，像爱他一样。"（岛女发末一语时，似带哭声，足见其诚意也。）

"吾们没有好合之前，他每天晚上在门外求我，我心不忍，允许他了。起初他温柔，后来渐渐强暴，但是我愈加爱他，吾们两人真有如胶如漆的样式。

"不久——不久，我受孕了。他是一个好人，决定与我逃往首都谋生。我们到了那边后，马上就结婚。他恐怕小孩出了世，薪水不敷应用，叫我去打胎。我怕看医生，不过他的言语我总是听从的。

"胎果然打下了，我病了好久，他职务也失掉了。一天，他

---

① 即美国籍。

不回家,我接到他写给我的信,叫我回娘家去。我哪里可回娘家呢?我的母亲见了我,必定要杀死我的,我就在近处找事。过了几天,谋得茶号中练习柜员之缺,但是因为我身体不好,又去医院割治。医生说,我以后不会再受孕了,于是我的胆也就更大了。

"茶号老板很喜欢我。出医院的第二天,我就去看他,要求复职。他意中非与我相好不可,我立即答应,他约我晚上去,并先给我五镑。

"后来,他的许多朋友也和我亲善起来,我于衣食之外,常有余钱,自以为这种生活舒服可靠,可以安然度去,不料我又病了。(是时岛女已染梅毒矣。)

"老板和我,那时不大亲密了,他的朋友也有避我的意思。幸我认识一人,熟悉此地,遂搭船来萨港营生。"

艳史氏曰:天下之为父母者,虽极贫困,决不愿其亲生之女营贱业也,但世有娼妓,常自称出自名门者,何哉?中下、下上之家之女,易为歹人所欺,盖装饰时髦,出入自由,且教育不高,意志不强也。待事露私奔,尚以为可与其情人作长久夫妻,暂时受苦,无妨也;不料中途被弃,既无法寻访负心郎,又无颜归见贤父母,乏衣断食,只有入平康之一途。后来身染杨梅,势必伤人而又害己也。摩登少女之滥用情者,可以悟矣。

原载一九三五年二月二十三日《晶报》

院内告白

西友某，刻游佛京百里①，日昨接其来书，谓彼一夕曾往最著名之妓院，见墙上告白两则，一云："如君有兴，请再来，但二十法郎只限一次。"一云："狗不准入内，所以不可咬。"西友信中，已将佛语译成英文如下：

（1）Come again if you like it, but not more than once for twenty francs.

（2）Dogs not allowed here. So do not bite.

原载一九三五年三月七日《晶报》

---

① 即法国首都巴黎。

谁是主人？

英语中有二字，均作"主人"解，其辨别极难，然为研究外国语者所不可不知也。兹特用浅显之例以说明之，如下：

此二字，一为"不怕倒"（Proprietor），一为"包失少"（Possessor），虽皆作主人解，然"不怕倒"只有"主有"之意，而"包失少"则有"占用"之意也。譬如我购一辞典，则为其"不怕倒"；我若日日参考之，则我又为其"包失少"矣。又如，我私人设立一图书馆，购书十万册，供公众阅读，自己并不往观，则我为"不怕倒"而非"包失少"；而公众则为"包失少"而非"不怕倒"也。又如，堂子中之讨人，鸨母为其"不怕倒"，而恩客为其"包失少"也。

由是可知，得支配者为"不怕倒"，可使用者为"包失少"。丈夫对于其妻，同时有两种权力，……吾为此言，因欲说明字义，绝无他意。女界阅此，请不骂我。

原载一九三五年四月二十日《晶报》

黑　妓

　　乌人之在本国为妓者，既不受老鸨之虐待，又无需牝伯之"保护"，自由人行自由业也。虽警署得管辖之，然规则不严，捐税不大，易于遵守也。牝伯（pimp）乃流浪者，以保护为名，专靠女人度活者也。西地勾栏中，多此辈也。

　　黑妇为妓，皆出自愿，不由贩卖而成。但所以愿以操斯业者，皆因内地实业不发达，无法谋生；又因逃妻、弃妇依法不得再嫁人为妻，除姘识男子，靠之衣食，或自创门户，零售其身外，绝无他路可走也。

　　乌妓于决定设院后，必亲往警署报告，区长先盘问数事，如"你的身体吃得消么？"等等，然后再授与训辞如下："一夜之中，你万万不可接两个客人。已经接了一个之后，将与他同睡之前，当把你的大门紧闭。倘有第二人来打门叫喊，你可隔门对他说，我已有了人了，今夜不空，你若不听我的话，弄出争风吃醋的事来，打伤了人，不要怪我。"

　　妓静听训辞后，即付营业税十先令而出。

原载一九三五年五月一日《晶报》

"妓"之西义

妓，西名"鸨司提督"（prostitute），原于古文两字：（一）"鸨"，前也，（二）"司提督"，置也，谓站在大众之前。不论生张熟魏，只要有钱，皆乐从也。吾国"妓"字作"美女"解，全无恶意，惟西字全无善意，实含"烂污货"之义。

西人对于"鸨司提督"一名，有两种极端之见解，兹翻译如下：

（一）葛希（Kisch）曰："凡女子与人正式结婚时，只求目下物质上之优美，及将来经济上之为富者，是卖爱也，其行为与'鸨司提督'等。"此苛论乎？

（二）孟德嘉柴（Mantegazza）曰："凡曾将爱情售与数百男子之女子，而谓其贞节全消者，过分之论也。妓院中常有所谓'钻石'者，虽经多次大火而本质无损。"此至言也。

天生之妓，好吃懒做，喜说慌言，全无羞耻，全无良心。其始也，背父母而逃，以求快乐；其终也，染恶劣之病，不得好死。呜呼，今之为妓者，其醒之。

原载一九三五年六月二十五日《晶报》

牝伯之种类

牝伯之名,一六七〇年始有之;牝伯之实,历史前已有之矣。据西洋野史,太古有女子名阿格拉(Ugla)者与男子名狮心(Lionhearted)者最友善。一日,阿格拉于途中遇见一皮货匠兼造箭头者名迦儿(Gar),二人眉来眼去,立成好事。迦儿以皮货为报,阿格拉不欲,而取其箭头,因其情人,即狮心需用此物也。

狮心一见箭头,大悦,称赞阿格拉不绝口,且偎之抱之而言曰:"本地人麻罗克(Maruk)善制枪,我自己不会造,又需用此器打猎,所得的不够和他交换,方便的时候请你想法骗一枝来,好么?"

不久,阿格拉与麻罗克会见,得长枪三枝。

上故事中之阿格拉,妓女也;麻罗克与迦儿,嫖客也。狮心,即俗所谓开眼乌鸡,亦即牝伯也。

大西牝伯,计分四类,兹一一述之如后:

(一)亲夫或情人

萧伯纳谓已结婚之男子无有不为其妻尽力者,此在有情之女子亦然。西妓某向其恩客曰:"达灵,你如此爱我,我情愿以他人给我的钱,给你使用。"世界无数牝伯,大概皆使用女子所赚之钱者。

（二）老板即霸占者

此种人，妓女爱之而又惧之。彼等之口头语常为"你若掼开我，我一定要打死你的"，"你倘然不把你赚的钱个个给我，我有功夫的时候要撕碎你"，"你敢到巡捕房去告我么？我出监后就把你的心割出来吃"。

（三）管事或经理人

妓女大概皆好吃懒做，既不明时势，又不能招徕。管事或经理人为之整理内部、吸引游客，故受欢迎也。

（四）保护人

平常之时，指导衣饰等事；患难之时，则拯救之。四类中以此为最高上。

原载一九三六年二月八日《晶报》

外来女

"外来女"三字,古时希腊、罗马及犹太人皆用以指"妓"者也。所以有此名称者,因希、罗、犹三国自信道德高尚,无操此贱业之本地人之故;即有之,亦为法律所不容,必逐之国外也。

"外来女",英语曰"司真鸡活门"(Strange woman),希语曰"海獭类"(Hetairai),罗语曰"浮来了"(Foririae),诗人乌惟德(Ovid)[1]及何赉士(Horace)[2]之著作中均有此种名称。耶教《旧约》圣经之《箴言》中,述之最详尽,兹引数语如下,引语抄自文理串珠本,"外来女"一名词已被原译者改成"淫妇""妓女"等矣。

（第五章）……淫妇甘言如滴蜜,其口较油更滑……尔之途当远离之,勿近其室之门……惟悦尔幼年之佳偶,视若麀鹿,可爱可悦。拥抱之乐,常厌尔心。恒加恋慕,甚为亲切。何眷恋淫妇,何狎昵妓女……

第七章中,尚有一美妙之狎妓故事,惜太长,不便抄录于此,本《晶》同志可自阅之。

原载一九三六年五月二十日《晶报》

---

[1] 今通译奥维德。

[2] 今通译贺拉斯。

何为娼妓？

何为娼妓，曰公然售身者也，但此非定义也，因世有售身而不"公然"者；亦有献身于人，其志不在金钱而在势力也。

然则如何而始为娼妓？

法人喇克劳（Lacroix）氏曰"中世纪之偶然主义者，谓女子非交接二万三千男人，不得称之为娼妓"，意人孟德稇塞（Mantegazza）氏批评其说曰："此数太巨，应减至四十至六十。"孟氏著《求夫术》《求妻术》诸书，喇氏著《娼妓史》。

余意数目亦不足以定娼妓与非娼妓。古时非洲女王葛刘备德[1]有巨量之情人，但世人不以娼妓视之。

然则如何而始可以娼妓视女子耶？

曰，凡女子以售身或献身为惯事者，不论公私，不论所求所护为何，皆娼妓也。

原载一九三六年六月十四日《晶报》

---

[1] 今通译克丽奥佩托拉。

博士与野鸡

英国旧时有章逊①（Johnson）博士者，奇人也，目近视，体肥大，性情暴躁，好骂人，好打人，然因其文章美雅，而多特见，又因其编纂字书，丰富完备，世人莫不知之。章逊博士，生于一七〇九年，卒于一七八四年。

一晚，章逊博士与其至友鲍士伟②(Boswell) 同在施张街散步，有一"野鸡"显具最上之引诱态度，上前招呼。章当时全不发怒，反向之言曰："我的女孩，不可，不可。那是不能照办的。"(No, no, my gril, it won't do.)

章之至友鲍士伟，即后来为之作传者，生于一七四〇年，卒于一七九五年。其所著之传，全世知之。吾国英语学者，亦不可不读。"野鸡"一语，俗而粗陋，英人往往以"城中之妇"(Woman of the town) 或"街上女子"（Street gril）代之。

原载一九三六年九月二十一日《晶报》

---

① 今通译约翰逊。
② 今通译包斯威尔。

国王之情妇

细心阅读欧洲史者,知有时国王之情妇,其操权与王后相等,兹将此类女子最著名者之姓氏,开列于后,以便学者再作深刻之研究:

(一)劳师孟(Rosamond),小字阿美(Fair),享利二世之情妇,生二子,一即索尔兹巴立伯爵,一即伦敦教主。逝世后,人民追认为正式之后。

(二)肖吉安(□□□□),爱多亚四世之情妇,初为某冶金匠之妻,又为罕士丁(Hastings)爵士之姘妇。

(三)管耐儿(□□□□),幼时收留于妓院中,稍长出而为售桔之女,识白黑丝(Buckhurst)爵士,为其姘妇,后又为查理之情人,彼以"新教徒之婊子"(Protestant whore)之名称自己,可谓奇矣。

以上三人,皆属某某大岛国者也。至于佛之"白丽太太"(Madame du bary)五年之内,费用一千二百万镑(合现今华币,约二亿一千六百万元),致国库空虚,真世所难有之事也。尤可笑者,白丽太太,实一目不识丁之妓,而当时朝中人无不赞之捧之,不知何故。

原载一九三七年一月十四日《晶报》

牡　妓[①]

沤州[②]有所谓牡妓者，正式设馆供同性主义者之需求，亦有不设馆而常常跑旅社者，更有佯为浴堂中之侍役者。某国禁令最严，无牡馆之设立，但非绝无其事。龙灯[③]及其他大城之夜俱乐部中，往往发现彼辈之踪迹；复次，牛津及剑桥等大学区，有美其名曰"仙人"者，好玩戏法，造成种种罪恶，然不要钱，故不得以"妓"称之，此等人非普通卖身者，盖天生之"小弟弟"耳。

同性爱虽为许多国家所禁，然犯案极少，因此事不易侦察之故，除少数被迫之幼童投入法院外，余者无不隐匿也。此点研究社会学者，应注意之。

多数学者，以为牡妓本人皆被动者，皆同性爱者，据露人[④]笪诺斯基之报告，在大战前，露京牡妓之数不少，其所收之费与牡妓相等。

沤州又有专供富家妇女之牡院，操此业者以"施德邻"[⑤]称之，即"种马"也。"种马"，独语[⑥]曰"恒施德"[⑦]。牡院之制极古，

[①] 即男妓。
[②] 暗指欧洲。
[③] 暗指伦敦。
[④] 即俄罗斯人。
[⑤] 英语stallion之译音。
[⑥] 即德语。
[⑦] 德语hengst之译音。

罗马时已有之。

　　罗马妇女，不许其已择定之伴再与他人接近，故当时有"包环"之发明。包环者，即将彼物之皮向前推出，左右各钻一孔，待治疗后，再将环状物插入孔中而锁之，有此一环，被锁者虽然照常通便，然非待持钥者开启去环后，决不得与第二女子交接。此制之意，与古昔男人防范女子之"贞洁带"相同，带之模样，大西博物馆中尚有保存者，环则完全无有矣。

原载一九三七年一月二十一日《晶报》

西洋报纸

西洋报纸，有一极奇之事，即绝对避用性学名词是也。例如"受孕"二字，在我国任何人可用，任何报纸可以发表；在彼辈则不然，非以"有趣之事"代之不可。欧战后，情形略变，少数小说作者，胆子稍大，赫施赍等有采用性词者，但范围不广也。至于日报，则仍保守旧习，花柳病如杨梅、白浊等，常称之曰"社会病"，或曰"血毒"，或曰"歹疾"，此岂西人皆神经衰弱者，无力收受恶名乎？抑西洋报人喜用饰词耶？

复次，西洋报人，不用"妓院"一词，而以"劣誉室"或"游戏屋"代之；"妓女"则以"堕落女子"或"欢乐太太"称之。

原载一九三七年一月二十三日《晶报》

禁与不禁

世界各国，有绝对禁娼者，既不准设立公开之妓院，又不许授与个人之执照；亦有半禁半准者，即专发执照而不许设院是也；更有设院与给照并准者。兹据聂兰墅(Neilans)女士之论文，题曰《向道德之平等而行》者，将禁娼与不禁娼之国，开列其名[1]如下，以供社会学者之考查：

（一）绝对禁娼之国

一、亚尔萨斯，二、捷克斯拉夫，三、丹麦，四、芬兰，五、德意志，六、大不列颠（英国），七、冰洲，八、爱尔兰，九、尼德兰（荷兰），十、挪威，十一、俄罗斯，十二、瑞典，十三、瑞士，十四、巴力斯坦，十五、缅甸，十六、澳大利亚（苦因士兰除外），十七、坎拿大，十八、新西兰，十九、南非洲，二十、美国，廿一、巴西，廿二、玻琍非亚，廿三、多米尼加共和国（圣多明各）。

（二）半准半禁之国

一、布加利亚，二、爱沙尼亚，三、匈牙利，四、拉特维亚，五、立陶宛，六、卢森堡，七、摩纳哥，八、波兰，九、乌拉乖，

---

[1] 文中所列国名、地域名，异于今译者，略有：捷克斯拉夫——捷克斯洛伐克，冰洲——冰岛，巴力斯坦——巴勒斯坦，苦因士兰——昆士兰，坎拿大——加拿大，玻琍非亚——玻利维亚，布加利亚——保加利亚，拉特维亚——拉脱维亚，乌拉乖——乌拉圭，奥地利亚——奥地利等。

十、古巴。

（三）院照并准之国

一、阿尔巴尼亚，二、奥地利亚，三、比利时，四、法兰西，五、希腊，六、意大利，七、葡萄牙，八、罗马尼亚，九、西班牙，十、阿根廷，十一、智利，十二、危地马拉，十三、法属基尼，十四、巴拿马，十五、秘鲁，十六、萨尔瓦多尔，十七、墨西哥，十八、突尼斯，十九、摩洛哥，二十、阿尔及利亚，廿一、埃及，廿二、土耳其，廿三、叙利亚，廿四、日本，廿五、暹罗，廿六、中国（指上海）。

原载一九三七年一月二十五日《晶报》

西妓之价

  西妓取价不一，有极贱者，约一先令（合华币八角）；亦有极贵者，约两金镑（合华币三十六元）。贱者只得短炮，贵者可伴全夜。欧洲大战时，某士兵告人云："我已接者，几乎千人，每次出价，不过一先令之数。"该士兵系约克省人，其所遇之女，大概龙灯城东郊及各海港跑街之黑老（harlot）。胡杜街及吉来街之货，非十先令不能得也。至于公债街之女，年少貌美、服装入时，即允付二镑之主雇，彼等尚无十分欢迎之意。

  上节所言，专指某某岛国。至于大陆，则花样甚多，有夜俱乐部、夜花园等，入之者多富贵之男子，而常来伴谈伴饮者，非普通论价之妓，而为善于掩饰之执业者也。

原载一九三七年一月二十七日《晶报》

意志[1]禁妓

"言三书"君谓一九一九年意志尚为不禁之国，诚哉是也。（参观二十五日本《晶》）余表中列入禁国，系根据聂兰氏女士之论文，即于《盾牌》杂志五卷五号者，而非杜撰也。兹复查《西洋世界之罪恶城》一书，知全禁之事，实自希德雷[2]执政后而起，近年始发生也。复次，禁娼之国，未必无妓，不过明暗而已。闻意志密室极多，不难进门；又闻禁娼后，国内多强奸之案，并加增所谓男同性爱者，据一九三四年之调查，谓百灵[3]一地有四万五千人云。

原载一九三七年一月二十八日《晶报》

---

[1] 暗指德意志。
[2] 即希特勒。
[3] 即柏林。

靠妓吃饭

靠妓度活之男子,法语以"苏的耐儿"(Souteneur)称之,英语以"牝伯"(pimp)称之,此二者为最普通之名词也。其实除法国外,英德美等国另有专名,兹将其音义开列于后。法之"苏的耐儿"原作"妓之助者"解。

(一)英国之名,一为"白力"(bully),一为"朋士"(□□□)。白力者,暴汉也;朋士者,妙人也。

(二)德国之名为"佐汉儿特"(Zuhälter),作妓之助者解。

(三)美国之名为"客断脱"(cadet),作青年小子解,似含"小白脸"之意。

西方之靠妓吃饭者,或代觅新品,或专卖实力。前者即"老板",后者即"白板"。老与白,吾国申地苏派院中之口头语也。

欧洲自国际联盟成立后,除言求世界和平外,其最注意者,"白妓"(white slavery)之交易(即贩卖妇女)及"牝伯"之踪迹也。

原载一九三七年一月二十八日《晶报》

最奇之交

佛人笪西鲁(Taxil)氏,曾著一书,题曰《近时娼妓》,内述一事,古怪奇离,兹节译之如下:

百里城某院,有一特室,四周以黑色之缎而围之,凡属装饰物或器皿,则用白色之银,中间一床,睡一裸女,面与体均用香粉涂之,不动而佯扮死人。诸事齐备后,一身穿神袍,形似教长者入,跪于床边,口喃喃读弥撒曲(Mass),不久此人去衣突然投身于静眠不动之妓之上。

按此可以假尸奸称之,少数性变者嗜之。

原载一九三七年二月一日《晶报》

龙灯一女

昔欧西大岛国之龙灯城，有一沿街兜售之妓，年少美貌，人多惜之，劝其弃邪归正，入厂工作。彼答曰："呸！为什么我要改行呢？我的母亲，在嫁父以前也是同我一样的人，她先与某厂工头租小房子，后来工头给父亲十个金镑，硬叫他娶母亲做妻……讲到嫁娶，我情愿死在街上，不愿学母亲的样式。吾的母亲，除了我之外，还有八个小孩子，倘然她不把藏在床中的铁筈阻止父亲，恐怕还要多生几个哩。她照顾小孩，料理家事，竟是一点空闲都没有，我不如自由度活为是。"由此可知，大多数娼妓所以永久安于其业者，非有人强迫，实自愿也。

上述之女，名符老四（Floasie），西洋野史中曾载其事，研究社会学者多知之。

米国之朱高阁[①]城，昔时亦有一女，其性情行为与符老四相似，惟不沿街兜售，而奔走于酒楼间也。女之姓氏不详，人皆以"伯爵夫人"称之。彼尝语人曰："我张开了眼睛，做我现在的生意，我愿意做别的生意，将来积蓄稍多，或者富人娶我为妻，那末，我当然告退。"有人劝彼往厂中作工，彼伸出钻戒满手之纤手而答曰："别的事情我哪能够做呢？我是天生细巧且美丽的一个人，我从没有学过别的事情。不过将来积蓄稍多时，或者我可以开一

---

① 即芝加哥。

爿铺子，但危险得很。我的朋友赛弟（Sadie）把她的私蓄统统拿出来了，开了一家饮食店，半年之后，分文不剩，她仍旧回到老路上来。先生，你看险不险。我想还不如固守我的旧业，那倒没有险的，很平安的。"

原载一九三七年二月二日《晶报》

常　妓

美国诗圣韦德孟[①]（Whaitman）有咏妓之短诗，题曰《常妓吟》。常妓者，日常所见之跑街贱妓也。韦德孟生于一八一九年，卒于一八九二年，首先发明英语白话诗，字句奇妙，少直言而多暗示，故世以诗圣称之。下译者，即《常妓吟》，共计六行：

　　安心，见了我不要不自在，我是韦德孟，气量大而体健强。
　　非至太阳摈斥你的时候，我不会摈斥你的。
　　非至水不反映发光时，非至叶不作沙沙声时，我的文字当为你发光，为你作声，决不拒绝的。
　　我的女孩，我和你约，我要你见我之前，好好预备，要预备一种值得见我的样式。
　　我并要你静心等候我，见我的面。
　　然后我向你一看，使你永久不会忘记了我。

原载一九三七年二月十九日《晶报》

[①] 今通译惠特曼。

贝可乐

贝可乐（Belcolore）者，西方古代美妓也，性喜随时迎新，而不稍恋旧交，故好事者将其事实编成剧本，兹翻译一段，以见营业之女大多皆水性杨花者也。

初贝有一情人，名施察纽（Stranio），因与符伦格（Frank）角力败而被杀。贝亲见其事，不哭不闹，全无爱施之表示，反与符攀谈，二人对话之一部分如下：

贝可乐：你叫什么名字？

符伦格：我叫符伦格。

贝：我欢喜你，你武功好，你是从哪里来的？

符：我是从提鲁儿（Tyrol）来的。

贝：你看我美么？

符：你的光明与天上之太阳相等。

贝：我今年十八岁，你几岁？

符：我二十岁。

贝：上马，你与我同去。

《贝可乐》剧本，系佛国名家米赛[①]（Musset）氏所作。

原载一九三七年二月二十一日《晶报》

---

① 今通译缪塞。

彭 通

佛人有名彭通（Brōntome）者，生于一五四〇年，卒于一六一四年，初为武人，后隐居乡间专事著述，有《英妇记》一书。兹择有兴味之两事，翻译大意如下：

（一）西班牙某妓，为二武士同时所爱，大吃其醋。一日，两人在门外用力互斗，妓闻之，在楼上窗中伸首相告曰："两位先生，你们停手，不要打架。我的爱情，可用金银购买，决不能以钢铁获得的。"

（二）某妓死后，葬于罗马之某乡，其墓碑上云："生时已被多人蹂躏，望旅行至此者，不再重踏我。"

以上二妓，均失姓名。

原载一九三七年二月二十三日《晶报》

就在此地罢

　　昔有牧师，因要事夜经某街，一沿途兜售之妓见其年少而面白，误视之为"色鬼"。大施勾引手段，口喃喃，发乱语。牧师心痛而又大怒，向妓言曰："好，好，随我来。"

　　二人步行约半小时，抵城中灯光最明、行人最多之处矣，牧师停足不前，转身向妓言曰："就在此地罢，就在此地行事罢，躺下来。"妓曰："这里人如此之多，怎能够呢！被他们看见了，丑不丑呀！"

　　牧师曰："你怕丑？人看见了你，你怕丑；天能看见你在暗中所做的一切，难道你不怕丑么？"

　　妓闻之，面赤而退，次日即入贫女收容所学习手工。

　　余曰，街妓因一语而改行，勇也，亦天良未全消灭也。牧师之实地训导，事似滑稽，然非大智者，决不能为之，亦不敢为之也。

原载一九三七年二月二十五日《晶报》

奇 答

符南弟（Fornande），佛国古代名妓也。一日，接得一密封之函，启而视之，知来自孟吉乐（Montgiroux）也。兹译其大意如后：

余与汝曾有一面之缘，兹欲重获一见，不知何时最宜走访。

孟吉乐伯爵上

阅毕后，符即作答云：

每日清晨起至十二时止，任何人可来。如天下雨，则延至下午三时。与我谈情者，当于晚间来。爱我肉体者，非到深夜不可。

符南弟复

译者曰，符南弟非独善于经营，且真正爽直之人也。

原载一九三七年二月二十六日《晶报》

希 腊

罗马有妓名希腊（Greece）者，娇艳非常，为佛国某伯爵所悦。伯爵有妻，居百里，故彼常常往返于二城之间。

某次，希腊忽作百里之游。抵旅舍后，即调查爵夫人之行为，且彼所最欲知者，夫人是否忠于爵爷一事也。或问彼何故注重此事，彼答曰："我传授伯爵许多妙法，他已允许转教夫人。大凡女子得了奇术，无有不献宝的，无有不再传于人的。因此，我猜想，爵夫人从前虽然规矩，现在一定有了情人了。然事非亲见亲闻，终不可靠，故特意到此，实地调查。"

余曰，怪哉，希腊之行为也。彼既无法"吃醋"，又不能捉奸，其调查也，全无实用。

原载一九三七年二月二十七日《晶报》

美国之向导社

美国现在正盛行向导社，最近出版之《文学摘要》及《自由》杂志中，有论文详述其事。兹摘译主要之点如下：

（一）美国最初发明向导社者，姓贝干（Peokham），其社名曰"引导伴护局"，继之而起者，有哈模氏（Hyam）之"引导及伴护服务"及牛顾乐赐氏（Nuckols）之"学业指导及伴护服务"。

（二）美国向导员，皆阳性，而为妇女服务者，其大多教系贫穷之大学肄业生。

（三）贝氏向导员之穿便服者，每夜取费五金圆；穿燕尾服者，倍之；全夜伴游，再加额外服务之费。

（四）贝氏向导员，不准独自走入召者所住之室。但室内同时已另有三个人时，则不在此例。倘有品行不端而经告发或查明者，以后不得再以贝氏之名义作导伴之营业。

（五）贝氏向导员，谨守三大例：一、不作拘束之状态，二、不作亲爱之面貌，三、不作无为之攀谈。

（六）于营业时，如向导员遇见自己之友人，可与之点头招呼，但不得将召客及友人互相介绍。

（七）向导员本人在营业时，不得饮过量之酒。倘召客大醉，向导员应将召客交酒肆执事人保护，而自己离去。

（八）向导员必为善于讲话者，善于跳舞者，衣服整洁者，眉清目秀者，并为极"识相"者，有教育者。

贝氏年二十三岁,勤谨人也,前在西部某大学肄业时,曾开设饭店,买卖旧衣、出租脚踏车,且为报纸作简评,闻不久将在本国及英法等国设立导伴分局云。美国现正有人筹设儿童伴护社,不知能成事实否。

原载一九三七年三月三日《晶报》

出　款

米邦暗妓，有每日收入只六七元者，亦有每月进款二千元者（"元"指金洋言，每元约国币三元四角），其出款几何，从来无人研究。近来雷德满（Reitman）医师据其多年调查所得，作一常妓支出表，兹照译如下：

项　目	一九三〇年	一九三五年
卧室（在旅馆中）	五十元	四十元
餐食	四十元	三十元
电话	六元	四元
赏钱（旅馆）	五元	二元
医药（包括牙科）	二十元	十元
化妆品	八元	四元
车费	十二元	六元
美容与理发	八元	四元
家常衣服	八元	六元
出客衣服（每年六套）	十一元	七元
鞋与拖鞋	十元	五元
袜（六双）	九元	六元

项　目	一九三〇年	一九三五年
帽（每年六个）	一点五元	一点五元
冬季大衣（每年一件）	十元	四元
春季大衣（每年一件）	四元	二元
手套（每年四双或两双）	零点七五元	零点二五元
内　衣	三元	二元
琐碎零件	一元	一元
披肩、围巾、伞、套鞋	二元	一元
首　饰	三元	一元
娱　乐	五元	三元
报纸、杂志	十四元	五元
卷　烟	六元	七元
借款与送礼	二十元	十元
酒	二十元	二十五元
麻醉品（鸦片、吗啡）	不详	不详
总　计	二百七十七点二五元	一百八十六点七五元

注意一：此表系一九三〇年及一九三五年两年之比较表。

注意二：表中除酒一项外，一九三五年之数总较一九三〇年者低，此因米邦亦不景气，百物廉价之故。酒款独增者，因妓业衰落，多闲暇也。

注意三：妓无不喜麻醉品者，或吸或打，大多隐掩，故不能计算其所付之数。

原载一九三七年六月二十八日《晶报》

妓不生子

妓，女性也，具一切妊娠之机能而多不生育，是何故乎？曰，妓于开始其职业之时，亦未尝无月事过期等现象，待行之既久，则经验较多，得免"打中之险"矣。所谓经验者，大部分为避孕药；但白浊、杨梅及非科学化之打胎，亦能使之永不传种。世人谓下妓乱合，其机麻木，似是而非之论也。医师韦爱德（Wright）引谚语曰，"众人所蹈之地，决不生草"，可称聪智滑稽之辞，而非合于学理之解说。

一九三三年，米国朱高阁城暗妓之数总在二万五千人以上，倘其半数前岁曾经打胎，则该城所损失者，一万二千五百小孩也，危乎险哉。吾国打胎，素无统计，今后研究社会学者，应注意之。

原载一九三七年六月二十九日《晶报》

牝　伯

吾国有老鸨，别国有牝伯（Pimp），皆靠妓吃饭者也。老鸨女性，牝伯男性；老鸨暴猛，而妓不服从，牝伯柔和，而妓都服帖，此何故乎？曰，用强力与赐小惠二者之差，固极大也。法人郎德施（Londrse）曾在南米①考查流氓、妓女等下流社会真相，归国著书，多惊人之语。兹译其《往阿国首都去》中之一章如下。原书于数年前出版，但该处牝伯与妓之状况仍无变动。郎氏之言如下：

妓与牝伯共同过活时，前者决然想不到自己之身份及将来。彼每日将赚得之钱，交与牝伯，以为万事了矣。我曾听见一牝伯对其妓曰："玫瑰姐，铜板你不要拿出来，自己留下用罢。我已有钱，已是一个富人了。"妓接口曰："笑话，笑话，倘然我不把钱完全交给你，我们何必同居呢？你待我这样好，我还要藏私房么？"言后，彼将钱袋交与牝伯，其状颇似慈母以乳房给婴孩也，情愿之至，毫不迟疑。后来妓为牝伯所弃，按得一信，其文如下："我亲爱的玫瑰姐鉴：我昨天没有胆量告诉你我所决定的事，所以我今天写信给你，我不得不离开你了。我有种种义务逼迫我，使我与过去之生活

---

① 即南美洲。

告一结束。再会罢，我希望你的敏感与细心与日俱增。在过去的两年中，你赐我不少的恩德，我吻你，这是我最后之吻。"

妓阅此信后，哭而又哭。后来出门购买烈性之酒带哭带饮，饮愈多则哭愈甚；哭愈甚则饮愈多，又自叹曰："我真苦呀，他实在是可怜我，照料我，我情愿自己不吃饭。把钱统统给他。"

他人之闻之者曰："现在好了，你可自赚自用了。"彼闻此言，心中愈觉痛苦。

余曰："痴心女子负心郎"，诚焉是也。

原载一九三七年七月五日《晶报》

何故为妓？

卖淫系最污贱之业，何以古今中外尚有许多女子，或冒名贵族，或自称学生，竟为之而不羞惭耶？曰，非真无耻也，非真自愿也，实不得已耳。百个娼妓中，至多二十人乐于送往迎来，安然无脱离之志，余者莫不自恨而急欲求去也。安然不去者，真天性懒也；欲去而不能者，因出身穷也。世人只知禁妓，而无法救贫，故"堂子"之名可以取消，而暗娼之实随处存在也。法人郎德施（Londres）氏说得好："凡女子饥而且寒时，找不到正当工作时；凡女子不知何处可以居住时；凡女子赚不到钱，不能购寒衣，不能购食物，或不能养活其孩子之时；凡牝伯（pimp，如同吾国之老鸨）有力足以供贫穷女子之衣食时，白奴事业（即贩卖人口）必存在也"。

数年前，国际联盟拨巨款派员往东西各国调查贩卖人口之事，意欲消灭淫业，消灭罪恶，此诚巨大而且慈善之事也。但所派之员，专在警署中翻阅案卷，故收效不多。救贫之道，首在实业，下列者，下妓之自叹也：

（一）

工作，工作，
寻访无路；
倘我肚子不饿，
我也不肯唤呼。

（二）

工作，工作，
我都肯做；
但是没人理我，
只得乱走马路。

（三）

工作，工作，
处处不多。
我真走投无路，
还是自售自货。

（四）

工作，工作，
谁肯我助？
我愿纺机织布，
不喜伴人睡卧。

原载一九三七年七月八日《晶报》

花　儿

英语常用以称娼妓之名词曰"花儿"（whore），原译本圣经中亦采之，重译本则改称"黑老"（harlot）。据《大英百科全书》（第十一版），"花儿"原于欧北瑞、挪诸邦，非英国本土语也。"花儿""黑老"均含轻视之意，而后者尤甚。吾国"妓"字，含"娇美"之意，故骂人者不曰"妓"，而曰"婊子"。内地有用"小娘"者，亦含讥刺之意。

日本之"艺者"（□□□）、印度之"公妇"（public woman）皆无轻贱之意。

原载一九三八年二月二十一日《晶报》

中世纪浴堂

中世纪时，欧西人民极注意沐浴，其理由有二：（一）属生理者，使皮肤康健、血脉流通；（二）属于心理者，使男女接近，爱情发生。当时公浴之堂，侍之者，即作擦背等事务者，全是异性，不若今日之阴阳不同室，浴者与侍者同属，专重生理而不重心理也。

当中世纪公浴盛行之时，德国乡间之堂主，常吹号以报洗涤钟点之已届，大众闻之，男者裸体，女者半裙，皆争先而往。入堂后，即有异性侍者为之招待。阳侍皆强壮之徒，阴侍亦无不娇美。是以年久日深，浴堂变成妓院，变成台基，而失其原来之意矣。某诗人曾带笑带骂以咏当时之女浴客云：

冷淡之女，
最妙是入浴；
可以遇良朋，
可以获健友。

古代罗马，浴室最精，其侍者亦不专司擦背等事也。

原载一九三八年四月一日《晶报》

假香屁

中世纪时，凡属贵妇或名妓，莫不狂香料。侯爵夫人彭百图（Pompdour）每岁购香料之款，总在百万镑左右，其耗费可谓巨矣。

当时香料之最重要者，麝香（musk）是也。迨哥伦布寻获美洲后，始增加两种：（一）哗呢拉（Vanilla），（二）规那皮（□□□）；此两种价虽较廉，质实太差。

下译故事，言意国名妓之善用香料，富于发笑性也。

> 美妓殷匹莲（Imperia），收集鸱之膀胱多枚，迨其干后，盛以麝香之气，藏之身畔，于必要时则挤碎之，使发芳香。某夕，法人李欧痕（Liorne）爵士访彼，当二人正在互相拥抱，互相取乐之际，李忽闻劈破之声，如开香槟酒瓶盖也，怪之，举首向床外探望。殷曰："此处除你我外，别无他人，君不必怕惧，君心中所想及者，非床上所发生者也。"语犹未毕，而李已奇香入鼻，急问曰："响声与香气，是否同源？"殷不以挤破膀胱之事直告，而作谎言曰："然，意国女子食香品最多，故下气亦极芬芳。"李爵士叹曰："天乎！敝国之女子，大大差矣，其在被中通下气，使人难受。"

原载一九三八年四月三日《晶报》

"马 立"

英语中有一字,其音颇似"马立"(molly)两字,普通辞书作"柔弱之男子"解,其实包含"男妓""像姑""小弟弟"等义;引申之,男同性爱者,不论主动被动,均称"马立"。

当十八世纪之前半,瀛国[①]首都阳风大盛,其上慕尔地(街名)"马立"尤多。一日,警察署所雇用之暗探闲步至上慕尔地,提住一人带入署内,其陈述经过情形趣极妙极,兹翻译如下:

> 我(暗探自称)到了那边,就靠墙立定。不久,他(指被拿之人)经过我的身旁,向我仔细一看,又在近我的地方面墙而立,仿佛要小便了。慢慢,他倒身近我,并对我说:"今夜天气好得很!"我回答他说:"可不是么?"他马上就捏住我的手,玩弄了一回,竟把它引入他的小衣内。我立刻攫住他的性具,全不放松,直至巡警到达,遂把他逮捕。

当时瀛京有葛(Klap)姓者,人皆以"葛姆"称之,开设大规模之马立聚会屋于田弄(街名),每夜往彼处者,有三十至四十人之多,星期日则至少五十人。

---

① 暗指英国。

葛姆所设之"屋"有密室极多,各备床铺。室中之"客"或互相接吻,或互相抚摸;亦有互相坐于膝上或起立跳舞者,更有仿效妇女之声音而调笑者。其调笑所用之字句,有下列者:(一)阿呀,先生;(二)先生,请呀;(三)好先生,亲先生;(四)老板,你竟这样待我呀!(五)我要叫喊了!(六)你是一个恶魔;(七)你真不要脸;(八)唉,小虾蟆;(九)杂种,来呀!

原载一九三八年六月四日《晶报》

六个名称

德法两国，各有三个名称，皆用以称妓而辱之也。其字如下：

（甲）德国字

（一）德媛（dirne），原作女孩或闺女解，今作下贱之妇解。

（二）梅倩（madchen），原作处女解，今作倩女或（花）姑娘解。

（三）妹子（metze），源于马狄鲁德（mathide）一字，用以称闺女也，今作婊子或小娘解，粗俗者骂人之语也。

（乙）法国字

（一）慨赐（garce），原作孩儿解，今作贱、淫妓等解，称妓最恶毒之名词，与吾国之滥污婊子，完全相似。

（二）非伊（fille），原作女儿、闺女、尼姑等解，今作娼妓解，惟不含讥骂之意。

（三）剀婷（catin），源于剀德林（catherine）一字，用以称闺女也，今作娼妓解，但无恶意。

吾国之"小姐""先生""姑娘"等等，均无恶意；惟"小娘""婊子"则骂人矣。英人称妓之字，约计五十，普通者曰"花"（whore）。

原载一九三八年八月二十七日《晶报》

骂妓诗

英国诗人赫立克（Herrick）生于一五九一年，卒于一六七四年，因作短歌而得大名。其所著者，无不易诵，评论家谓莎氏剧本与赫氏之短歌，系英国至贵重之两大出品，非虚语也。兹将其骂妓歌二首直译如下。被骂者，一名琼（Jane），一名贞（Zane）。

（一）琼　妓

琼妓满面脂粉，
内心何尝清静；
有时闲步出门，
无不做势装腔，
冒取闺秀身份。

（二）贞　嫒

贞嫒面目既娇，
天性又极乖巧；
可惜吐气不妙，

闻之奇臭难闻——

知此事者不少。

（注：吐气，口中发出之气也，中医称胃火也者，其气极臭。）

原载一九三九年七月九日《晶报》

西土之暗娼

今欧美禁妓，故公娼几乎灭迹，但暗娼随之而增，其数决不在公娼之下。

所谓暗娼者，大多以卖淫为副业，或假冒他种行业而卖淫也。某少年阅报，见一告白，言某街某号二楼有年轻女子精于修整指甲之业。少年乘车而往，一按电铃，即有娇美者启门招呼，细视之，不似妓也。女向少年微微一笑且言曰："君来修指甲么？请楼上坐。"楼上之室，客堂而兼作卧室者也，陈设整洁，惟修甲器盛于一小匣中，置于沿窗桌上，备而不用者也。……少年与女，坐谈有顷，即成好事；下楼时，心中暗暗自喜，以为今日大交桃花运，一个良家女子被污矣。其实，此暗娼也。西土不论何国，不论何城均有之。

再，西土之做暗娼者，不皆为修指甲者也，有业看护者，有业按摩者，有教跳舞者，有教语文者……（但执此种职务之女子，非全体以作暗娼为副业者也，阅者万万不可误会）。

暗娼不自今日始。耶教《旧约·箴言》第七章明言"淫妇"万不可亲近，淫妇专指暗娼而言。兹略引数语如下：

（上略）一个无知的少年人，从街上经过，（中略）看啦，有一个妇人来迎接他，（中略），并且说，我丈夫不在家，出门行远路，（中略）少年立刻跟随她，（中略）如同雀鸟急入网罗，却不知自丧己命，（下略）。

欧美当公娼盛行之时，列宁格勒（圣彼得堡）有妓二万五千人，纽约有官妓三万五千人及非官妓二万人，德国全国有妓一百万至一百五十万人，平均占人口之百分之二。

      原载一九三九年七月十九日《晶报》

辑三

世间风景

香艳书籍[1]

（一）

敬启者，昨读四月三日贵报无诤君之《姐妹闺谈》，得悉海内喜读英德法香艳书籍者，实不止越一人也。查《姐妹闺谈》原名为 The Dialogues of Luisa Sigea，书分四份，分钉三册。第一份题《开始》，第二份题《勾引》，第三份题《结合》，第四份题《对攻》。越所购读者，系印于巴黎之英译本，拉丁原文未见。此书及《香园》两书，去岁闸北乱时，因预先取出，未被焚。越前藏西文香艳书籍，不下六十种（细目未作），焚余者及新购者，除上述二种外，只下列数种：（一）《老汉须知》，（二）《恋爱术》，（三）《可爱的李瑞德》，（四）《苏瑞姐之鞭挞》，（五）《查德赉夫人之恋爱》，（六）《耍得力空》（或《塞底利光》）[2]。

末一种（即第六种），非禁书，原文亦为拉丁文，内有述及男同性交者。彼辈亦称被动者为"小弟弟"，甚奇怪也。

弟周越然手上，二十二年万愚节（四月四日）

---

[1] 篇题系编者代拟。
[2] "耍得力空""塞底利光"，均系satyricon之音译，意即色情狂。

《晶报》编者按：周越然先生，以收藏西文香艳书籍名，外传邺家插架有数百种之多。兹据来函所述，其最精者为六种。零金屑玉，尤足珍贵，况集六种妙制丽文乎。

（二）

乖乖先生台鉴：

四月七日大示敬悉。弟上次信中关于《姐妹闺谈》之分卷，有错误，漏去第五卷（即第二册）《快乐》，又第六卷（即第三册）《嬉戏》两题。原书著者名 Nicolas Chorier（戈利安·泥古拉司），序文十一页，第一册八十七页，第二册一百三十二页，第三册九十八页，共计三百廿八页，想与尊友所见者同为一本，或版印不同耳。弟昨日无意中在本市某西店购得禁书五种，价贵而全无趣味，懊悔之至。兹将其书名奉告如下：

（一）《美的巴黎女子》
（二）《按摩女之日记》
（三）《罪恶与热情》
（四）《追逐女子者》
（五）《桦条别墅》

尊友所有之书翰小说，弟前有一种，约二十纸，述一女子在旅舍中见其姑母与其未婚夫所行之秘事（此二十纸已被焚），与尊友所藏者想必不同。弟意天下秘书，莫妙于吾国之"婆传""瓶梅"也。前者借女子之口，赤裸裸地描写一切；后者注重方法，层出不穷，均非他书所能及（市上遇见之小字石印本，非真本；

即铅字"古书",亦非真本),未知兄意以为然否。专复,即请撰安。

      弟周越然上　四月七日午

原载一九三三年四月九日《晶报》

阴名铨解

五月三十日《晶报》载乖乖君《拉丁阴名》篇，原文均有译音而无字之确义，兹特诠释之如下：

（一）星巴 Cymba，杯状空体物也，拟改译音为"性杯"，字典不采用。

（二）根茶 Concha，耳凹也，亦螺状物也，拟改译音为"拱高"，英文新世纪大字典直接采用此字。

（三）陈直 Ager，田亩也，可耕之地也，拟改译音为"矮巢"，字典不直接采用。

（四）波打 Porta，门也，户也，拟改译音为"婆德"，字典不直接采用。

（五）拉佛 Larva，魂魄也，骨架也，假面也，拟改译音为"劳乏"，新世纪大字典直接采用，作"幼虫"解。

（六）福马 Vomer，锄骨也，犁骨也，拟改译音为"伏满"，新世纪大字典直接采用。

（七）萨尔达司 Saltus，跳也，拟改译音为"杀尔多事"，新世纪大字典直接采用此字。

（八）萨尔克司 Sulcus，槽也，沟也，裂缝也，拟改译音为"塞尔故事"，新世纪大字典直接采用此字。

（九）克利打留姆 Clitoriam，关闭也，引申之作阴核解，拟改译音为"嵌里多留"，字典不直接采用。

（十）印达费米牛姆 Interfemineum，由"中间"与"女性"二名合成，即女性中间要件之意，拟改译音为"阴德返迷肉"，字典不采用。

附注：英美人现今常用者有三字：（甲）Pussy，音补塞，猫也；（乙）Cunt，音空的，不知原意；（丙）Sex，音塞克施，性别也。（甲）最平，（乙）最俗，（丙）最雅。字书载（甲）（丙）而无其义，（乙）为字典所无，惟言语中有之。

原载一九三三年六月二日《晶报》

另一阴名

昨晚闲暇，覆阅《无知幼女之书翰》，见另一阴名可供乖乖君阴名小字典之用，特音释如下：

Nancy，音难洗，或音男栖、南师、耐塞，均无不可；若音浪水，则太过矣。

此本女子名，含 Grace（音沟水）之意，即文雅也，与 Mary（音美丽）性质相等，全无恶浊之意，不知有何因缘，以之名阴，此实余所不解者也。读者诸君，其亦有以语我乎？

原载一九三三年六月十日《晶报》

险哉机器人

六月廿七日《晶报》有《机器人之将来》一则，西谛君持论平稳，足以醒世。余最喜读讲述机器人之书，前岁得一极佳者，剧本也，题名曰《爱又爱（RUR）》，译言"罗森氏之宇宙劳仆"。罗森，人名；宇宙，亦可译世界；劳仆（Robof），捷克文，原含工作二字之义，今作机器人解。机器人亦可称机械人，或人造人。劳仆为机器人之最新名词，一九二三年英语始采用之。《爱又爱》著者，名卡倍葛（Capek），欧洲布西米亚人也。

卡氏剧本共分三出，后附收场白，专言以科学方法制造雌雄机器人之可能。此种人用一定之原料，依一定之公式，每日可造成极大之数，略一训练即可任各项工作，且无不忠于其职者。彼等虽有性别，然不必育人；虽有死亡，然不觉痛苦。军阀及资本家皆欢迎之，因数元即可购买一人，除单薄之号衣外，可不供给饮食，或付与工资也。后来受人指使，组织全体劳仆同盟会，大大作意欲杀尽全世界之人，而重造一劳仆之天下，惟其时制成彼等之公式已毁，彼等自己又不能生育，其种遂灭，否则全世界危矣。

先此，英国有雪立夫人者曾著一小说[①]，亦言制造机器人之险，文笔极佳，惟其思想尚不及卡倍葛耳。

原载一九三三年七月一日《晶报》

[①] 指玛丽·雪莱（Marg Shelley）所著《弗兰肯斯坦》。

寓工于学

老友戈公振兄，由列宁格勒寄来俄国最新出版之外国语教科书两册，首册三十课，二册廿五课。首册封面用赤黑二色印成一图，内有试验者、制造者、计划者、裁剪者、阅书参考者、拨动机器者，粗粗一视，即知其有寓工于学之意。近阅苏俄教育大纲，知彼国学校莫不与工厂连合，此图即此意也。

首册一至四课，全用万国音标，不用普通字母；五至十课，音标与字母夹用；十一课起至第二册末，全用字母，此今日教授外国语者最流行之主张，非苏俄所自造也。每课有插图，皆粗而不精，课文后常附口号，如"读，读，读"（列宁语），"友乎，爱世，爱世，矮儿（USSR）万岁""打倒教会""世界劳动者联合起来""打倒不识文字""进攻或饿死""妇女非奴"等等。

书中有重要标题，可供吾国教育界及出版界之参考，翻译如后：（一）十月革命，（二）合作农村，（三）工人与农夫，（四）列宁，（五）守炮台，（六）革命前之妇女，（七）革命后之妇女，（八）劳工保护，（九）修理机器，（十）"五一"节。

全书装钉印刷均不良佳，拼法间有错误，其所制万国音符不及吾国商务、中华之出品，且所注之音有不照标准者，深可怪也。

原载一九三三年七月十九日《晶报》

"怠困歇"

　　昨海上名律师唐君公毕来谈，无意中涉及鸦片烟之食、禁问题，因之又提起戴坤西①之轶事。戴坤西，英国最初吸食鸦片烟者之一。唐君谓戴氏有自述，吾国人知之者尚少，何不作提要，在《晶报》中发表。

　　二十余年前，余曾读戴氏所著书，其内容今已忘矣。惟其主要之点，尚能记忆，兹述之如下：

　　戴坤西（De Quincey），亦可译为"怠困歇"，英国散文大家也，生于一七八五年，卒于一八五九年，曾著一书，名曰《吸鸦片者之自白》，文字宏壮而美雅，先在《伦敦杂志》中分期发表，后汇合成册，印行单本，其销极广，今且视为杰作，详加注释，供学校教科书之用矣。

　　当十九世纪之初，英人知鸦片之用者甚少，戴氏之书一出，好奇者不独购读其书，且有效其行为者。戴氏谓吸烟后，空间时间可任意改变。譬如一人一日应睡八小时，在此八小时中，睡者未必有梦，即有亦未必皆佳；惟吸烟者，睡卧时必得佳梦。戴氏每夜获一长梦，似乎有百年之久，且在此"百年"中，所见所闻，所思所为，无不美妙，亦无不奇离，有此美境，难怪其继续吸食而不思戒也。然彼之美境，实因学问而来。彼精于希腊文学、希

---

① 今通译德·昆西。

罗古典、英德哲学等等。他人之效之者，竟不能获一类似之梦，何哉？无彼之学问耳。

麻醉品，以鸦片之性为最弱。他如瞎希希、彭痕、海罗英则更烈矣，用之久者有瘾而难脱离。学问渊博者食之，尚可得一圆满之梦，粗俗之人，亦何必好此耶？

英人除戴氏外，尚有诗家顾立志亦好此物。吾国文学家之吸烟有瘾者，清末余知有二人：李慈铭、严复也。友人某君云，明崇祯帝亦喜鸦片，其枪极精美，尚存于世间，不久有人见过。某君又谓，彼拟收集各方材料，作《烟名人传》，其意良佳，不知何日可以编成印行。

原载一九三三年七月二十七日《晶报》

皇帝著书

饮光先生台鉴：

九月二十一日《晶报》之《新札璞》中，先生询及泰西有无皇帝著书之事。据下走所知，泰西有此类书籍，并可分为二种：（一）奉命者，如《拿破仑法典》现行规定本之《盍来拜拜儿》（即耶教《圣经》）是也；（二）自撰者，如罗马国王马苦思之《默想》是也。除上述者外，其他皇帝著书必甚多，惟近日下走家事极忙，又大发心病，不能细细翻查作一简目，乞原谅为幸。再泰西注重著作权，所谓"自撰者"，必国王亲手写述，非以朝臣之作将自己之名加上也。马苦思生于一二一年，卒于一八〇年，彼虽为罗马人，而所著书均用希腊文。此请台安。

弟走火敬上

（再者，泰西亦有所谓"伪书"者，下走有一极有趣味之伪书故事，改日拟在《晶报》发表。）

原载一九三三年九月二十五日《晶报》

英语与俄人

数月前,老友戈公振君来言,(日本)毒害我东北三千万民众,亦益变本加厉。以前规定事务官十一人,已增至五十人;技正二人,增至五人;办事员四十七人,增至二百四十人,其事务之繁巨已可推测其一斑。特在长春、奉天设置工厂,据信,谓目下俄国旧书铺之英语书籍价极低廉,并嘱下走速将欲补配之本开单寄去。兹得复书,知俄人实自近来起,始注重英语也,其原信如下:

大示及书目拜悉,弟已去旧书坊数次,均云甚罕见,现将书目交彼等,令其觅得时即来报告。此地德法文书最多,英文较少,因俄人多研法文,英文近来始稍习之也。率颂著安。

弟公振　十月十二日

原载一九三三年十一月十二日《晶报》

"晶"字之西义

晶，西名科理司都（Crystal），英语中于一五三五年时尚作冰或清洁之冰解，后引伸其义，始作透明矿物解，即晶或水晶也。一五九九年以后，则精制玻璃或表面玻璃等义发现矣。文学中有晶字之语甚多，兹略举数则如后：

（一）"宝座前有玻璃海，澄如水晶"（新约《默示录》四章六节）；

（二）"彼之赠送水晶，如小品食物也"（文家韩卜理氏，生于一二九〇年，卒于一三四九年）；

（三）"彼女有泪之眼，与其眼中之泪，皆晶也"（英曲剧大家沙士比亚）；

（四）"彼多含爱情，透明如晶之双目"（文家韩伟士，卒于一五二三年）。

原载一九三四年三月三日《晶报》

欧西秘图

欧洲美术品产额之广，其首推秘图乎？观于西历一八七四年三月某岛国京城没收之数，共计十三万五千二百四十八张一事，可以知矣。当时制之者名黑雷（Hayler），图中之景千奇百怪，性剧各幕，无不备具，而实演之者，即黑雷夫妇与其两子也。昔闻武林某照相馆主营业失败，借贷无门，拟欲自尽而有所不舍，遂商之其妻，共摄人事像，秘密销售，获利无算；今其业大振，支店满布全省。是时当局者不知其事，未曾没收其货，该馆主得以秘图起家，其视黑雷，诚"天隔地远"矣，世间人固有幸者与不幸者。

旧时日耳曼种某国，亦有以售图为业者。一九〇二年二月一日，其都《每日报》曾载新闻一则，谓在城中拘获一人，其铺中富多猥亵照相、图画、器具等，专为销售之已没收矣云云。今日制图之中心点为扇子国，而其市场则在全欧与西半球也。其次为通心粉国，繁华国侦察太严，业中人不能畅销其货，秘图之入罗刹境者，每以"来比锡城出品"称之。来比锡者，德地也，罗刹人民反对法货，而不注意是品，此其所以然也。实则来比锡不制秘图。

欧西秘图，取价极廉，常以明信片之式行于世。其他如纸牌、表壳、鼻烟盒、卷烟咬口等，价贵且稀少也。

原载一九三五年一月二十五日《晶报》

牛羊尿粪

黑人好洁不下于亚之"泥不恩"人，无论大河小溪，旅行者常见有男女于其中沐浴。

黑人洁身，昔时用手指擦皮肤。今者不然，已改用肥皂矣。"泥哥"浴前必先洗衣，故其服常常不浊。"泥干事"起身即洗手，惟必先用牛尿，而后用清水；若只用水而不用尿者，其夫早亡。黑人男子每喜其妻用尿洗脸，不知何故。

幼女洗涤，不用牛尿，而用羊尿。

肥皂为现今最通行之物，有自制者，亦有自外国输入者。但山居之民，仍用牛粪或树叶以作擦身之具。

原载一九三五年五月十二日《晶报》

"死不离地"考

英语"死不离地"（Spirit）一名，最难解难用，上至天帝，下至妖怪，无不包含于其中，其义可谓广泛极矣。查牛津字典，知此字有二十余义，如精神、灵魂、神经、鬼怪、神明、心绪、特性、特质、人情、情绪、骨气、锐气、气魄、气力、志气、胆气、元气、流质、酒精等是也。然此尚属总义，至于分义，则更难计数。所以 Spirit of monkey 一名，当时本《晶》译者（不是下走）不能猜得其确义也。然不得谓之全非，因依原辞之作法，似不得以"精神"二字译文。余意最好改成 Saint monkey 二字，即"猴圣"之意，既含尊敬之义，而又简便似一剧名也，未知"饶舌"先生以为然否？

原载一九三五年五月十八日《晶报》

何尝如此

英人劳伦斯（D.H.Lawrence）著作甚富，皆易购得，惟《查德赉夫人之情人》（*Lady Chatterley's Lover*）一书为本国所禁，因其主张之一种恋情与英人所保守之一种道德适相反也。其实在吾人观之，全不足异，欧洲大陆作品类此者岂得胜数哉。

《查德赉夫人之情人》私印而不公售，原版早绝，价几百元，影印者约二十元；节本不佳，价极便宜。

劳氏生于一八八五年，卒于一九三〇年，所著小说共十六种。

原载一九三五年五月二十五日《晶报》

酒 鬼

酒鬼，骂人语也。"死不离地"（Spirit）虽有"精"字之意，然依廿二日之译法，当为精华之精，而非精怪之精也。英语中有现成之字用以称酒鬼者，如：（一）酥哥（Soaker），（二）温皮白（Winbibber），（三）抵不牢（Tippler），（四）酥脱（Sot）等等，皆指饮酒大大过量者而言，似较酒精（Spirt of Wine）为佳也。（参观本《晶》本月廿二日"酒鬼"英译篇）

《晶报》编者按：酒精之精，乃某君戏语，以其较为有趣耳，藉博一时之哄堂，非实考酒鬼之字。今周越然君详征博引，益觉趣味盎然。

原载一九三五年五月二十七日《晶报》

"盍来拜拜"

耶教圣经，西名"盍来拜拜"（Holy Bible），其哲理亦俨如《道德经》《妙法莲华经》等等。原文所含惯语美句甚富，各国研究英语之学生咸常读之，其中之《约伯》《诗篇》《默示录》诸篇，尤为精雅。

耶教精华，似在十诫。十诫者，即"毋杀人，毋奸淫，毋偷窃，毋妄证以陷人，毋贪人之宅……"等是也。余幼时曾读关于十诫之师生问答一则，颇滑稽，易使人发笑，兹将大意译出如下：

（师）"约翰，吾们耶教中一共有几诫？"

（生）"老师，吾们一共有十诫。"

（师）"倘然你破坏了一诫，怎样呢？"

（生）（呆想片刻然后答曰）"若然，只剩九诫了。"

原载一九三五年七月六日《晶报》

关于"至圣译名"的通信

越然先生大鉴：

迳启者，今有一事求教于先生，（一）大成至圣孔先师，（二）大成至圣文宣王，此二语若译为英文当作何等？如蒙赐教，即请于《晶报》见予为荷。求准绳者必于大匠之门，故敢以是为请，望恕其冒昧是幸。此上　即颂

台祺

小弟许息盦顿首

迳复者，此种名称有"国性"，非外国人所能知，最好不译，译亦徒费工夫而已。今君既需用此二语，不得已代为直译如下。倘有错误及本《晶》手民之误排，均请原谅为幸。

此复　即请

日安

周越然启

（附译名）

（1）The Most Accomplished and the Most Sacred Confuciu the Teacher of All Ages.

（2）The Most Accomplished, the Most Sacred.The Prince of Literature and of All Comprehension.

原载一九三五年九月四日《晶报》

扎火囤

吾国有所谓扎火囤或仙人跳者，其意即以美貌女子引诱无智少年入门。待衣宽体裸，则"亲丈夫"突然归来，或骂或打，做足凶势，非夺其身藏各物，或迫立借据，不放其出来也。此类事，大西亦有之，兹将米国通行之名译出如下：

原　名	音　译	意　译
Panel Grid	扳那儿蛤蜊皮	壁　栏
Touch Grid	踏住蛤蜊皮	扑　栏
Badger Grid	拔旧蛤蜊皮	獾　栏
Shake Down	鲜克挡	地　铺

余幼时曾闻一本地扎火囤之故事，甚趣，转述如后：

一中年妇人站立于家门之口，见一闲步独行之僧向之一笑，转身入内。僧察左右无人，潜步追之。妇进卧房，彼亦随之而入，并阖其门，跪下求曰："奶奶，做好事，请做好事。"妇人曰："可。我去净身，你先在床上躺躺吧。"

僧狂喜，宽解其衣，裸体仰卧，久待而妇不至，又不敢叫喊，只得在床上翻筋斗，以为消遣。不料是时砰然一响，房门洞开，一体大凶横之男子，即妇之夫大步而入，并高声曰："呀！呀！床上是谁？！是一个和尚，你干何事？打，打，打！"四邻闻叫骂喊之声，都来观看。再三劝解，再三讲情，再三恳求，再三谈判，妇人之夫始许僧人写立一纸五百元之借据，三天内付清，放之归庙。

数月之后，僧因事趁航船赴乡，搭客中有米商甲乙两人。甲问乙曰："今年怎样？"乙答曰："不甚佳。从八月起，辛辛苦苦，几几乎翻了十个筋斗，不过赚了七百大洋。"僧闻之插嘴曰："你真不平心。我翻了两个筋斗，一无所获，反出五百元。你翻了毛[①]十个筋斗，还得到七百元，好幸气，好幸气。"

旧时湖州之小本经纪者，称每次买入卖出为一个筋斗。僧人不知此暗语，误以为被扎火囤而因祸得福，可笑可笑。

原载一九三六年八月五日《晶报》

---

① 吴语，用在数目字前表示约数。

奸　杀

古今中外，犯奸杀案最巨者，其佛京百里城之狼氏（Lang）乎。自一九一四年起，至一九一九年止，前后六年中共计杀死女子十八、男孩一人，又与二百八十三个妇人先后和奸。一九一九年六月，经一女子告密，始被警察逮捕，一九二二年二月廿五日受斩首之刑。

狼氏之志，不在色而在财，彼利用报纸中之告白，或称中年丧偶求婚，或称善价购买旧具，认识无数寡妇，见面两三次后，即"猛然"求婚，鲜有拒之者，亦鲜有不受骗诈者，不知用何种秘诀也。被杀死之男女十一人，皆焚化于其所居之处之灶中。

狼之居所，在百里者，前后共计十一处，此事及其所奸所杀之人数，均经警局于其衣内之"概纳"（Carnet）中查得之。"概纳"者，佛人怀中小册之专名也，制造极精，犹吾国之备忘录。狼有妻有子，幼时攻书极勤，资质亦佳。

狼在法庭被审时，面作笑容，毫无惊惧之状，惟不肯细细供认，只云："恋爱私事，我不愿因口松而损坏许多妇女之名誉。"一日，忽谓狱吏曰："我欲见审判长。"开庭后，彼曰："我懊悔之至，我得罪吾妻，因曾与二百八十三妇通奸也。"当时旁听之人，莫不狂笑。

佛国研究犯罪学者，细细审察狼之面相，皆不见特异之点足以勾引女人者，惟双目巨而有光，形状如蛇，似与他人不同；须深黑色，亦日常易见者也。狼皮色淡黄，身材不高，受刑时年五十五岁。

上译自米乐氏（Mierr）所著之《我不见太平》一书，即最近出版于美洲者。米氏，美国籍，居伦敦，娶英人为妻，现任联合通信社欧洲新闻部部长之职。

原载一九三七年三月八日《晶报》

二十五问

人有孚众望者，即与之交者较多也；亦有不孚众望者，即与之交者绝少也。前者圆通周到，后者不然。本《晶》阅者，倘欲知自己属于何类，请细察下列二十五问，而一一答之。例如第七问"你时时向人借钱么？"可依个人目下之情形，在本问之下写一"是"字或"否"字。各问之正确答案附于本文末。设阅者之答与答案相合，在十七分以上者即"孚众望"之证。每问一分，共二十五分，得全数者，世间绝少也。原问系耳立（Early）君依据心理学原理而作，发表于最近之《美洲杂志》中。二十五问题翻译如下：

（一）不经他人要求，你自由发表你的意见么？

（二）你自以为你的才智较你至好之友三人，更佳更高么？

（三）你喜欢一人独自饮食么？

（四）你阅读报纸上首页所登的暗杀案么？

（五）像现在这种测验，你觉得有兴味么？

（六）你与他人谈论自己的志向、失望及其他问题么？

（七）你时时向人借钱么？

（八）你是不是专喜加入公份而不肯单独请客者？

（九）凡你报告一事，枝枝节节的细项都讲出来么？

（十）费金钱的应酬及招待，你喜欢么？

（十一）你自夸出言爽直么？

（十二）你与友人约会后，因不能准时，使他们等待你么？

（十三）你见了别人家的小孩，真的喜欢他们么？

（十四）你戏弄嘲笑人么？

（十五）中年人恋爱，你以为愚笨可笑么？

（十六）你真心憎恶之人，其数在七以上？

（十七）你怀旧怨么？

（十八）你于讲话时，常常用"极对"、"极好"等语么？

（十九）接线生、售货员等使你心恼生气么？

（二十）你对于音乐、书籍、运动等的热诚，倘有反对你的，你以为他是愚笨或是讨厌么？

（二十一）你食言之次数是否与守约之次数相等？（要细细一想再答）

（二十二）你常常当面批评你的朋友、家中之人及手下之人么？

（二十三）遇到不得意的时候，你气馁么？

（二十四）自己不得意的时候，听见你的朋友顺利，你真的快活么？

（二十五）有一种富于兴味、无关紧要的闲谈，你常常讲述么？

附：二十五问答案

（一）否，（二）否，（三）否，（四）是，（五）是，（六）是，（七）否，（八）否，（九）否，（十）是，（十一）否，（十二）否，（十三）是，（十四）否，（十五）否，（十六）否，（十七）否，（十八）是，（十九）否，（二十）否，（二十一）否，（二十二）否，（二十三）否，（二十四）是，（二十五）是。

原载一九三七年三月十日《晶报》

墓碑上之怪语

美国之墓碑，雕刻皆精，然其文字往往有怪不可言者。一七二六年，纽约州圣保罗教堂之公墓中，有范施葛尔德（Vanskelda）者建立一碑，上刻诗两首，共八行，兹直译如下：

噫，亲夫，不要悲痛，
我实未死，睡于此地。
汝之期将到，从速预备，
汝略一待，即可来我处。

在上译四行之下，另有四行，答词也：

我亲爱之妻，我并不悲痛，
汝应静睡，我已另娶一妻。
我所以不能往汝处，
只能去彼处也。

原文用英语写成，但富于文法上之错误，其非名手所作，可想而知矣。

原载一九三七年三月十一日《晶报》

最恶之城

世界最恶之城,即最不道德者,其在亚洲乎,抑在欧美乎?其为上海乎、东京乎、纽约乎,抑为伦敦乎?曰,皆非也。名誉最劣之城,在非之埃及。兹将全球有劣誉之地开列于此,略加说明。较善者在前,最恶者在后。

(一)倍若斯爱勒(Buenos Aires)[①],在美洲阿根廷民主国,世称其为人肉市场之至大者,实则非也。凡游人之至该处者,莫不觉其"清洁"也,表面一无所见。

(二)里约热内卢(Rio de Janeiro),在巴西国,占地约一万英里,元旦为最大之节日,游人总在十万以上,人行道上乱掷空酒瓶,危险之至,淫荡之事甚明。

(三)巴黎(Paris)及柏林(Berlin),前者专事勾引国外人,方法平和,不用暴力;后者自希氏执政后,恶之痕迹已完全无存。

(四)马赛(Marseilles),法之海港,多水手,多染色之两性,又多大鼠与垃圾;杀人,常事也,每次费用,不过数元而已。

(五)新加坡(Singapore),名誉极坏,但所传者,

---

① "倍若斯爱勒",今通译布宜诺斯艾利斯。

皆非事实也。游人除看电影、饮啤酒、乘人力车外,全无其他娱乐。该地警察极好。

(六)上海,中西杂处,最易发生不名誉之事,然非世界最恶之城也。

(七)开罗(Cairo),在非洲埃及国,为世间罪恶之首都、"娱乐"之处最多者。其邻近小城萨伊德港,游其地者,无族无之,两性皆备;该地每五十英尺以内,必有一乐队,且必有肉感跳舞,小弄中多"出售"之女性。游人之不用向导者,或被剥皮,或被夺物。向导亦多诈而善竹杠者。毒物严禁,但吸之之处仍不少。

上文节译英国出版之《恩赐周刊》(*Answer*)。原著者,哈李白邓(Hallburton)也。

原载一九三七年三月二十二日《晶报》

英人之言

十九年前，欧洲大战终止后，有德国柏林人及英国伦敦人同时在南美洲阿根廷共和国旅行。德人志在访友，英人意欲经商，二人初不认识，一日在车中始相攀谈。德人问曰："你欲在此地做生意，懂西班牙文么？"英人答曰："不懂，不懂，我完全不懂，但是我总有办法可想的。"五年之后，无意中二人又于某公共场所遇见，德人问曰："你的西班牙语怎样了？"英人曰："此地的人，真是可怜可笑。我同他们相处已经五年了，他们不过一万一千人，到如今还没有学会我所讲的英语！"

上滑稽故事，译自柏林出版之《葛拉特拉达基周报》（*kladderadatsch*），讥英人不善学外邦语也。

原载一九三七年三月二十九日《晶报》

酒之为害

美国某小学教师，注重实验。一日，彼欲使全班男女学生知酒之为害，将玻璃杯两只携入教室中，一盛清水，一盛麦酒，内又各放一同类之虫。水杯中之虫，游泳甚健；酒杯中之虫，立时自毙。教师貌视得意之容而向众学生曰："孩儿们，这件事情所教的是什么，你们知道么？！"一女生高举其手，以表示其有充分之能力，可以作答。教师见之即曰："你说罢。"女生曰："不论哪一种饮料，凡含酒质的，必定没有害人的活虫。"

上滑稽故事，译自纽约出版之《星期六文学评论》。

女生果然误会，然教师亦未尝全是，因酒能害人，应以人作试验，不应以虫代之也。

原载一九三七年三月三十日《晶报》

时间最短之战

最近德文《巴黎日报》（*Parise Tagezeitung*）中，载一极可笑之事，为研究政治者所不可不知也，兹翻译之如下：

一八九六年八月，非洲赞稷巴（Zanzibar）[①]国之苏丹（即国王）对英国宣战，伦敦接得正式通告后，即着停泊于赞稷巴之巡洋舰轰炸苏丹之宫，此令立刻实行。而敌国之军舰亦同时被轰而沉。自宣战起，至苏丹逃避、人民扯白旗投降止，其间为时不过三十七分，而一切军事皆不进行矣，可谓世界时间最短之战争。

备而不即战，自强之道也；不备而宣战，未有不败也。

原载一九三七年四月二日《晶报》

---

① 今通译桑给巴尔，现属坦桑尼亚。

各有目的

许雷马哈（Schleiermacher）[①]，德国哲学大家兼神学专家也，生于一七六八年，卒于一八三四年，彼生平轶事甚多，兹翻译一则如下：

> 一日，有人问许氏曰："到你那边来听演讲的，何种人最多？"彼答曰："我的听众，不外三种人，就是学生、少女和军官。学生因为我是考官，所以来的；少女因为我有学生，所以来的；军官因为我有少女，所以来的。"

上事见最近出版之《汉堡画报》。

原载一九三七年四月六日《晶报》

[①] 今通译施莱尔马赫。

四本头

余之"四本头",不是汉文书籍,亦不是大雄君之四本头。余之四本头系昨日购得者,含有历史性质者,且皆用西文写成,而述重大之国事者也:

(一)《个人对于太平天国之回忆》,作者莫鲁(Monle),文系演讲体,出版年月:一八八三年十二月,共计二十八页。

(二)《鸦片战争之汉文述记》,作者巴革(Parker),全书系《圣武记》末二章之英译也,一八八八年别发洋行印行,早已绝版,共计八十二页。

(三)《忠王自述》,作者雷爱(Lay),此亦英译本也,末附上谕及奏疏,一八六五年出版,共计一百零四页。

(四)《伦敦被拐》,此即总理在伦敦被难之自述也,民初商务印书馆有《伦敦被难记》单行本,即本书之译文,一八九七年出版于伦敦。余所获者,一字不缺,连封面亦无损伤,真至宝也,共计一百三十四页。

上述四书,余出重价购得,不久拟聚类似者,开一个人藏书展览会。

原载一九三七年四月二十九日《晶报》

三本好书

余近阅三本好书,一本是英语,一本是汉文,一本是创造,皆含深意义而有滑稽性者也。

(一)英文本,是名家辛介雷(Sinclair)[1]最近所著之短剧,计十六页,演国王与其情妇在私室中之言行也。对白极趣,并有歌曲,书名为《活拉皇后》,上海华人自办之大印书馆已代售多册。

(二)翻译本,即《上海——冒险家的乐园》。兹随便引数语,以见本书文字之美,引语如下:

> 他们最怕是人口的增加,当第三者与她们合作,成一些奇妙的加法,一加一可以等三的时候,她们就请教这位医生做减法。

此书值得一看。何处去买,请诸君自己查问。

(三)创作之名曰《闺艳秦声》,此系《未刻珍品丛传》之首一种,全书分"幽恨""媒议""深情""遇欢""行聘""亲迎""于归""交欢""归宁""还家"等折,描写望嫁之意及燕乐之深。余购曲几千种,读曲几百种,未有此书之妙。其"交欢"一折开始云:

---

[1] 即辛克莱·刘易斯,美国作家。

又喜又羞,又喜又羞,冤家合俺睡在一头。轻轻舒下手,解我的鸳鸯扣。委实爱羞,委实爱羞,事到其间不自由。勉强脱衣裳,半推还半就。

原载一九三七年六月二十七日《晶报》

安逝园

安逝者，人得于其中求死，而不觉痛苦也。园中有种装置，皆具娱乐性，凡因疾病或年高，不欲自存者，可择其机关之一，持之或玩之，无不立时安然毕命。目下主张此事最烈者，阿姆施脱郎（Armstrong）君也。阿居南美洲，将有专著出版，言"安逝"之乐。"安逝"，西名"有失乃谢"（euthanasia）。

现今法律以保障人命为目的，而医学又以延长生命为主旨，然则安逝园之设，岂不等于杀人乎？曰，是也。法律问题未解决以前，安逝一事，不便实行，所以英国公共卫生官米赉德（Millard）医生，意欲国会将安逝一事定为法令也。英国主张安逝者，除米氏外，尚有著名医师及教会中人。米氏著有一小册子，题曰《有失乃谢》。

"有失乃谢"，安然而逝也，无疾而终也，源于古希腊语，英语于一六四六年始收纳之，许多名家，曾采用之。葛赉尔[①]（Carlyle）曰："不是受刑而死，倒是有失乃谢。"梅李维鲁[②]（Merivale）曰："人被毒蛇咬死，真有失乃谢也。"雷基（Lacky）曰："有失乃谢者，减轻疾病之苦也。"葛氏，苏格兰散文家兼历史家，生于

---

① 今通译卡莱尔。
② 今通译梅里韦尔。

一七九五年,卒于一八八一年。梅氏,英国历史家,生约一八〇五年,卒于一九〇六年。雷氏,爱尔兰历史家,生于一八三八年,卒于一九〇三年。

原载一九三八年五月二十八日《晶报》

韦尔士之著作

英国著作家韦尔士[①]，因其所著之《未来世界》隐合现在之中日情形，忽然读者增多，变成一位"红"人。韦氏生于一八六六年。兹将其所著各书开列如后：

（一）《时间机械》，（二）《毛禄医师之岛》，（三）《行星之战》，（四）《恋爱及罗维贤君》，（五）《十二故事及一梦》，（六）《人类在制造中》，（七）《葛不时》，（八）《彗星时代》，（九）《空中之战》，（十）《安·费陆倪葛》，（十一）《多诺彭开》，（十二）《包立君之历史》，（十三）《新马氏》，（十四）《婚姻》，（十五）《大探索》，（十六）《皮得林君所看透者》，（十七）《某主教之魂灵》，（十八）《裘安与皮德》，（十九）《文化之救护》，（廿）《某大教师之故事》，（廿一）《公然谋叛》，（廿二）《目今世界之趣向》，（廿三）《奇谒》，（廿四）《人生之科学》（与黑希礼[②]氏合著），（廿五）《白路波之白鲁宾登》，（廿六）《将来事物之形式》（即《未来世界》），（廿七）《自传之试验》，（廿八）《短篇故事》，（廿九）《科学故事》（内含《神仙之食品》《毛禄医师之岛》《行星之战》《月中之第一个人》《隐身之人》及《时间机械》等），（卅）《历史纲要》，（卅一）《世界简史》（此

[①] 今通译威尔士。
[②] 今通译赫胥称。

与《历史纲要》不同,非节本而为新著),(卅二)《人类之工作、财帛及快乐》。

韦氏所著,以早年之《恋爱及罗维贤君》(*Love and Mr.Lowisham*,一九〇〇年)及《葛不时》("Kipps",一九〇五年)两小说为最佳,后来出品,大多不尚艺术,专事宣传。《安·费陆倪葛》(*Ann Veronica*,一九〇八年)主张男女平权,《裘安与皮德》(*Joan and Peter*,一九一八年)主张改进教育,《某主教之魂灵》(*The Soul of a Bishop*,一九一七年)主张创立新教,评论家已多病之矣。韦氏各种著作,如欲买全,其价总在美金九十元左右,照今日汇兑计算,可以造平屋一间而有余矣。

原载一九三八年七月一日《晶报》

狗能饮酒

狗有能饮酒者，亦有不能饮者，前者与后者相比，其智力无大差别。

上述之事，三十年前曾经美国葛劳阁大学教授何基（Hodge）博士潜心研究、仔细试验而始明之。何氏考查所得者，尚有下列两事：

（一）能饮之犬，现露极端胆怯之状；不饮之犬，绝无此种表示。何氏云："恐惧者，酒狂之特性，而震战为恐惧心理之最可惊人者。"

（二）不饮者之生殖力较能饮者大。前者之"子"，其生活力为百分之九十二又二；后者之"子"，其生活力只百分之十七又四。何氏云："饮酒与后代之康健有密切之关系。"

但何氏之试验在犬而不在人。犬与人不同类，借犬足以见人乎？后来邓默（Demme）氏以人类为试验，查得好饮酒者十姓，其子孙之百分之八十三非愚鲁即早亡，非痴癫即丑陋，合常规者不过百分之十七。邓氏又查得不饮酒者十姓，其子孙之百分之八十八又五称合常规。好饮酒之十姓，其有男女孩五十一人，内二十五人幼殇；不饮酒者十姓，其有男女孩六十一，内只三人幼殇。

除短寿、多病、痴愚及丑形外，酒与贫穷、犯罪等，均有关系。美国"毕三"[①]之百分之三十七皆"酒徒"也。英国奸杀案之百分

[①] 即瘪三，指乞丐。

之六十，莫不因酒而起。

　　此文宗旨，劝人不要每日饮酒，决不要每餐饮酒。偶然兴到，亦不可狂醉，不可过量。

原载一九三八年七月六日《晶报》

辑四

游宴风味

游京杂记

十余年来，余夫妇二人在假期中游玩杭州、嘉兴、昆山、苏州、无锡等处，已不计其数矣，然终不及南京。盖因余曾在南京工作，每以恶名加之，又因路途较远，乘车时间较长故也。此次决意往游，实欲引内子去观新京新气象新建筑，别无其他作用。京中之官，有数人疑余去谋官做，误也。

京中到处皆官，旅馆中有官，茅舍中有官，歌场叫好者有官，提壶泡水者有官……而余所往谒者，亦皆官也。昔年有人戏以"破、大、污"三字形容南京，今不然矣。大仍大也，破则未必，污也全除。目下之南京，可以"大、官、贵"称之。"大"，地广也；"官"，官多也；"贵"，无物不价高也。惜后三字不及前三字之押韵，不便记忆也。

京中雇用汽车之价最大，由车站进城，非二元四角不可。余夫妇此次游京，因某长之赐，得借乘其自备汽车，几乎二日分文未名，真揩油也。京中汽车，照会亦分黑白两种，与上海同。黑牌者大概皆机关所有；个人自备者，十不及一也。

余等在京三日，所到之处，不外孙陵、谭墓、明坟、灵谷寺、纪念塔、无梁殿、莫愁湖、体育场、五台山、五洲公园等处。国民政府之五院，余夫妇得尽量参观其二，便道又入中央大学一观，此皆至友某君引导之力也。

京中娱乐，以电影歌唱为最盛。影戏常挂座满之牌，而歌场亦都有满座之患。余与内子素不喜电影，故往天韵楼听歌。传闻该楼歌女林姓者,系已故友人老革命家沈某外室所生,余二人细细审察其面貌,实无一处似沈公者,疑是伪托。然亲近此女之人,谓为决无疑惑,并谓不久拟设法为之赎身。其中恐别有作用,余等旅客,不敢参加意见。

菜馆中不得叫局,惟可请客,每"客"价六角,由菜馆与宴席费同开一账。归主人付款,此真出钱请人嫖也。旅馆中亦不得宿娼,查出,男女各罚洋十五元。夜中查房间极严,且每每在夜间十二时后,早晨八时前。余友某君单身寄居旅馆时,几乎每夜不得安睡,而每夜被问者,不外两语:(一)"几个人?"(二)"哪里来?"而吾友所答者亦只两语:(一)"你识字么?"(二)"为什么不看调查单?"答语似极不恭,然彼单身者,故极有效,查房间者必曰"是,是"而去。旅馆以中央饭店为最洁("洁",兼形上形下而言),查房之事亦甚罕,故余等居之,一贪安静,一以避免老夫妇于深夜黎明被人在旅店中盘问也。

京中暗操妓业者,为数甚大,所以不即开禁者,据云非全为妇女协会之欲保障人权也,其中另有较重要之捐税问题也。

归来时,车过无锡后,乘客甚为拥挤。由苏上车之客,种类不同,其行为亦多可记。与余等同一列车者有鸭母二人:一老枪,坐定后即叹息,即瞌睡,失瘾乎?去年营业失败乎?不可知也;一半老徐娘,旁有"打腊司"伴护,口中时呼姆妈而附以笑脸,其声音容貌,非在车中,决不得见。又有二少年,均烫发敷粉,面貌之美,身材之佳,决非一般女子所能及,上车后,口不停言,而尤不停食,在苏申间一小时中,计彼等所须所食所吸者,有瓜子、橄榄、梅干、菊花茶、香烟、鸡丝汤、火腿土司、咖啡等种,可谓勤于辨味者矣。

原载一九三四年三月十日《晶报》

怕打者，骂拜者

余昨日为某院长及夫人通译，得遇照空和尚。和尚匈加利[1]人，善操英法德三国言语，即世间曾疑其以侦探为职者。因此，彼往京时，有阻其与某院长相见，并谓彼来华亦有暗探性质。中国之事，任人知之，实无"探"之必要，某院长当时云："他人来打，我们怕；他人来拜，我们骂。非正义也，非公理也"，故仍接见之。照空等男女共十三人。现居于沪西一小洋房中，茹素，食不用碗用钵。一切佛座拜垫均吾国之式，布置整齐，固一摩登寺庵也。彼等已定本月二十一日离申赴欧。在不久之将来，拟于相当之地，建造相当之寺，服装一依僧尼之制，粗视之，竟不知其为西洋人。余问照空，彼等服既变，登岸有无困难，彼云："决无。"

彼等已能依汉音念咒，闻系某院长及其夫人所传授。院长夫人，亦为余同郡人，能操英语与洋尼通话，不必藉舌人[2]之力。

先时吾国各大寺院，都不允彼等受戒，后经沪上某佛弟子之说项，始依照每名二百元之计算，为之烫香孔于头上发间，此诚一笑话也。

---

[1] 即匈牙利。
[2] 即译员。

余等往照空处时,有某国领事在,彼亦竭力操英语,惜太不流利,翻译者颇觉困苦。领事所谈者,京粤已成之建筑也。照空所问者,我国旧时之佛事也。

原载一九三四年三月十四日《晶报》

放生（游杭杂记）

放生二字，在本篇中有三个意义：（一）某某约我游杭，余已允之，且已言定动身之日矣，临时因内子欲往，三人成众，不便同行，余遂将另一人抛弃之，全不关照，此放生之第一义也；（二）余到杭之次日，即阴历四月初八，为杭人行善放生之日，沿西湖放生者及看热闹者，为数不少。所放之物，不外龟蛇鱼类，余等虽不自放，然得亲见此大慈大悲之大举，亦佳事也，此放生之第二义也；（三）同日又为余友陆君与沈女士结婚之佳期，余夫妇同去贺喜，并大闹新房，直至半夜始返旅舍。临别时，余对新郎云，君今夜"放"些新种，明春"生"个儿子，全房之人，皆大欢笑。此放生之第三义也。

新郎陆君，吴兴人，业律师，年四十九；新娘沈女士，海盐人，精家政，年三十九。现今有主张老夫少妇者，谓夫之年至少较妻长十岁，陆律师与沈女士可谓合格矣。为陆沈作媒者，陈王两君，亦业律师，且有大名誉。陈君曾任杭县县长；王于本业之外，犹精滑稽及种种兽叫，彼同宗王无能在世之日，恐不及也。结婚时，赞礼者蔡君，王律师曰："蔡，大龟也。"在旁一人问曰："王是什么？"王曰："忘八。"（嘉湖音，忘与王同）又曰："新郎是绿毛乌鸡。"（嘉湖音，绿与陆同，乌鸡龟也，亦嘉湖土话）末又云："我们都是乌鸡，今天有人放生么？"王君善饮，终日不醉。

此次余夫妇游玩，时极短，然所到之处反多，因近来交通既便，车价又廉,一日玩八小时可抵从前三日也。

余等在杭二日,衣食行(内子之衣着,潮而皱,嘱茶房去烫,费大洋二角四分,故衣亦在内)连同贺敬不过百元,而所享受甚多,颇觉满意。惟有一事,似乎乏味,即游庙是也。

庙中之茶,本无定价,吾二人略坐片刻,饮水一二碗,似非四角或一元不可,且和尚常常要求"做花头"(募捐),推托之难,实较"书寓"要求请客时为甚;庙门口又有野和尚硬欲讨钱,不受铜板而要银角,口中言曰"结缘,结缘",紧随身旁,与上海三马路半斋一带之毕三先生相等,极为讨厌。

吾妻最喜入庙进香,在灵隐寺大雄宝殿点烛烧香,至诚跪拜后,求得一观音大士签偈云:"万里云霞瑞气浓,千年古镜面相逢,黑白青黄君自觉,何劳向我决穷通。"(第十四筶)。余问彼所问何事,彼云"日后的一切",余曰:"甚佳甚佳。你眼前所见的,尽是美事,你的好丈夫是你前修来的,他是有名的人,且富有才学,与古镜之价值相等,此种事你自己早已知道了,何必再来问我呢?"余妻对于余之解释,全不作声。数分钟后,余忽然狂笑,彼问何故,余曰:"原来吾家的血肉观音,较庙中的泥塑观音更灵敏,更多智,签上末两句,明明言之并非我瞎说。"彼细细一看,亦大笑不止。金刚法会坛城之遗迹尚在灵隐大殿,余等得见之,其功用早在佛经中读过,不敢深信。

余等在北站动身时,适本《晶》小英先生来送行,盖是日有伟人由申赴杭转往黄山也。彼顺便与余等说"返会"(Farewell),车中之人,竟有误彼专为余等而来者,可谓荣幸之至,此天使吾二人揩油也。此次车中所见,不及上次赴京之多。惟有一、二事亦有记述之价值。

余等往时，对余而坐者，为一女子，其身裁面貌无一处不似中国书店口操松江土白之小伙计，且其双目视人之态，亦完全相似，而彼又时时视余，表示曾认识我之意；惜余之监督紧在身旁，未便与年轻之异性交谈也。同时，面吾妻而坐者为一苏州少年，其短衫内环项有一粗大且新之金链，似较吾妻所有者分量更重，不知彼链所系者肚兜乎，柳锁片乎？如彼有胃病，则所系必为肚兜；如彼为独子，则所系必为锁片，此老年苏州人告我之言也。

车上又有年约七十之老翁，旁坐一年相仿之老妇。余等初以为彼等为夫妇也，后知不然。男者操广州语，女者操嘉兴语；男者向窗外看，女者向车内呆坐，始终不交谈，亦不互视，不知其心中有何思想。二人共坐一椅，虽接近而特意隔离，恐有吊膀嫌疑乎？

来时去时，车中均挤得不堪，惟有一奇事，去时站在厕所之外面看守之者，均为欧美人，来时却无看守厕所者。

余在杭时，闻亲友某因断弦在外冶游，传得所谓阴虱者，心虚不敢求医，每日往浴堂嘱擦背者捉拿，至今数星期仍不断根。阴虱，体微，其子更微，非捉拿所能治疗。余有良方，敬告本《晶》读者，即用火油少许，细擦器旁毛中是也（汽油无效），有犯之者，阴阳无别，试之立愈，决不损伤。

原载一九三四年五月二十六日《晶报》

在苏州六小时

余在苏任职有五年之久,对于苏人风俗习惯,知之极明,而于其大街小巷,亦甚熟悉,然皆在清末时也,今者道路加阔矣,洋房加多矣,出门乘车矣,驴马绝迹矣,平门变为要道矣,废居改成公园矣……种种新事业、新发展、新建设,指不胜屈,皆为余居苏时所无。尚有未改去者,士绅之往吴苑饮茶一事也。

苏地茶园与申江异。苏人之往之者,大半皆士绅,且彼等所谈者,非国政,即哲理,绝无粗声暴气,相打相骂等事。倦时躺躺椅子,看看日报,吃吃小食,费钱不多,而能寓休息于尽知天下事之中。苏之茶园,实即欧美之国俱乐部;而申地茶园,大多为"茶会"所据,可往讲话,不便谈心。

余此次因要事与内子趁一点十分车往苏。车未离站之十分钟前,一操苏白搭客云"对面格铁甲车,勿晓得装格啥末事",其旁坐之人,似为彼之至亲或好友,向对面一看,即以苏白答云:"该种铁甲车,是耐常常坐格,吾是叫俚铁蓬车格。"铁蓬车运猪牛,铁甲车运士兵,二者本有判别;一人误用物名,其同行者欲更正之,不以直言相告,而转弯抹角说出一大片来,内含讥刺之意,使彼自觉,后来不敢再将物名误称,足见苏人伶俐,亦足见苏人之慎于用字也。余与内子到苏后,先在公园路将欲为者料理清楚,即往公园散步。是日虽为星期日(十二月二日)而冷静异常,园中坐椅已收藏,茶棚已全闭,因天气已凉,鲜有入之者之故。后往十梓街拜客，两家主人均外出未遇。五时许步行至观前街购糖果。大侄（现在苏任事）云："采芝斋最好，因无宿物故。"余等购一大包，重十余斤，连瓜子在内，约洋八元。吾二人往来车票只七元八角，而在苏人力车、茶、饭、糖果等等，反费去十余元，此真谚所谓"囝伍（女儿）大（音"杜"）是娘"也。归家后，大儿谓"采芝斋之货，实与采芝村相等。斋价贵而村价贱。村系原主人之孙所设。普通人不识货，专认牌面，故斋多生意而村几无也"。大儿学银行业，近来言语富有"钱鬼"气，余不信也。

余等在松鹤楼晚餐后，因离十点三十分回申之车太早，又在吴苑一坐。是时正在七点半，早班已散，晚班未至，或因天冷不来，亦未可知。余等见者，只一白须老翁与书画掮客坐一桌；又一桌则为三四壮年人也，中有一人，颇似老友王伯翁，面赤身肥，绉袍缎褂，出言清楚，全用苏白，作种种苏式手势，然此人决非伯翁。伯翁俭朴，衣布衣，谈史学。此人谈吃，余尚记得其数语，如"苏州人贪吃，无物不可口，最妙在本处无特产，而能精制他处之产。他处人来苏，出重价重运去……"其语固为原理，彼或见余等之大包糖果，而有意讥笑亦未可知。余最喜闻真苏人之语，以其软而雅也。余自己亦能作之，惟于"好""老""毛""帽"等字，则不能精。大侄云："倘不能说'帽子'二字之苏音，可改说湖州'墨盒子'三字之音，颇多似之。"试之果然。大侄学工程，然幼时曾受语音之训练，故有此种方法乎，一笑。

余老夫妇此次在苏，实计不过六小时，然在此短时间内解决人生最大问题之一，又遇见重要人物多人，如中央大学全国著名之外国语教授某公，及舍亲某厅长、李法官等是也。此数人皆非余等所往访者。教授在观前街遇见，厅长与法官，则在车站之酒吧间。法官曰："吾等因申来车误，四时后直坐至此刻。君可搭九点七分锡申加车回去。"余曰:"哪里有此种车。"彼曰:"时间表上无此,然实有之。"后果然。临别时,法官又云:"吾们真是先落(趁也;搭也)船,晚(音"满",迟也)上岸。"盖谓彼等待车数小时,尚不能回镇,而余等只站不到十五分钟,即能搭车也。

最后又见一摩登女子之奇口,其状如枣,而其绉纹亦如之。内子狂笑不已。余问何故,彼曰:"看她的嘴。"余曰:"我早见了,身体上的缺点,是天意而非人为,犯之者已自觉自丑,旁人再加以一笑,彼亦更觉难过。汝若以为不雅观,当注目他处,断不可向彼细看而发狂笑。汝非小姑娘,何以作此种孩子之态!"后来车中面余等而坐之男子,其状貌与皮色与猴子无二,且其举动如嚼食物亦颇似之,幸余已将不可笑人身缺点之理告吾妻,否则彼必狂笑至上海不止。而邻座不知细情者,必疑余等为野鸳鸯,在车中谋特别事矣。

原载一九三四年十二月八日《晶报》

男八女三

某日之夕，友人丽甫君与薄郎君同宴客于三马路之某湘川菜馆（丽甫与薄郎，均姓也，非名也。余先以西语直译两君之姓，再转译汉音，故各成二字），余兄弟二人邀焉。同座者，男子八人：许、陶、曹、顾、两主人及余兄弟也；女子三人：密斯吴、密斯王及四小姐也。四小姐者，为本《晶》同志多人所识；密斯王，即王汉伦，电影界前辈也；密斯吴，名继兰，识字知书，精于戏剧，曾在申汴等处出演多次。男客许君善吹笛，甚有名望。是夕丽甫君、密斯王、密斯吴各献其技，由许君义务吹笛；能京剧者，临时借用堂差之乌师以为琴师。

余座介于吴、四二人之间，左右招呼，顾忌太多，甚觉乏味。而四忽反常，不语不笑，端坐作戒备之势，盖意在防护同座一"老白脸"也。是夕唱工，首推密斯吴，京昆兼长，且各得其妙也。席间吴王两密斯，有谈及电影界事者，兹转述如后：

（吴）我迟到，因为全不知王女士在座，否则早已来了⋯⋯王女士将重入电影界么？

（王）还没有决定。

（吴）我觉某公司全不记得有功于他们的演员，似乎没良心，王女士以为如何？

（王）我也觉得如此，不过他们也没有办法。我在电影界时，每月薪水二十元，差不多同尽义务一样。现在的演员，薪水总是讲百的,甚有一人用自备汽车二三辆的。

（吴）这就见得世间不公平。王女士能昆曲,今天肯赐教么?

（王）我已多年不唱,大半忘记了,改日还要请教吴女士。

（吴）王女士现居何处?我的住址是……

（王）我住在法界……

密斯王装饰态度富于"太太"性,密斯吴则完全一轻年摩登女子也。二人讲话,除密斯王"没有"二字纯用杭音外,余皆国语。余插口云:"二位女士的话,讲得真动听。吾的先父生在北京,家中人能说京语,从前倒也不少。余不肖,幼时因专意学习英语,连上海话至今还说得不像样……"

言至此,合座大笑,即继以狂饮。吴、王谓量浅不致,四亦不饮,推说头痛。

席将散时,丽甫君允为余代求密斯吴之照相,登之本《晶》。密斯王之相,本《晶》已于数月前登过。至于四,则"其貌不扬",本人以为无登之之可能也。是日同席者失物之案二:家兄于席散时,忘将缎褂穿上,后去菜馆讯问,谓无有;密斯吴于来菜馆时,其手皮夹被"毕三"夺去,内藏重要收据、钞票、粉匣、名片及胡蝶女士来信等物。密斯吴曰:"最可惜者,胡蝶一信。"余曰:"胡蝶现在,不妨将抢劫细情写信告诉她,她必来信安慰,密斯岂非又得了一封胡蝶女士的亲笔信么。"吴又云:"抢劫者,当时被二西装少年所执,送入捕房,明晨我当往法院作证。"余问:"女士的皮夹还是新的,还是旧的?连内容其值多少洋钿?"彼曰:"不多,约三、四十元。"余曰:"明日作证时,最好说九元九角。"彼问何故,余曰:"凡犯满十元者,必吃官司一年以上,此上海之法律也。密斯之损失不大,又不在乎此,似不必使此种毕三多受痛苦而生怨惧之心。

我代毕三说情，望密斯不以毕三祖师祝我。"彼微笑而言曰："我明白了。"

原载一九三四年十二月十一日《晶报》

"沉由竿"

嵇三少爷、杨五小姐，由沈田莘君与家兄作伐，于本年元旦日文定，两家共借大加利为宴客之所。沈君，湖州人，绅而兼商，并喜"摆测字摊""拉黄包车"及玩票者也，其大名早已鼎鼎，实不必再"捧"，但当日与余有三个回答，颇多趣味，兹特写出如下：

（一）（余）兄为什么作媒？
　　　（沈）因为他们要娶要嫁。
（二）（余）他们为什么要娶要嫁？
　　　（沈）因为要生儿子。
（三）（余）要生儿子，可不娶不嫁么？不请媒人么？
　　　（沈）不可。因为《诗经》上说："伐柯如何，匪斧不克；娶妻如何，匪媒不得。"

后来沈君曰："君在《晶报》上用的别名均佳。"余曰："未必。倘君亦喜用别名，我可以代君起一个。"彼曰："何者最善？"余曰："最妙莫如'沉由竿'三字，以其形相似也。"

余在嵇杨文定宴席上，闻得除夕之夜百禄门茶舞到者数百人，男客之穿袍褂者，只杜月笙、王晓籁及"沉由竿"三君，余皆西服，未知确否。同席某君谓服西装者不用国货，皆不爱国。余谓西装革履，便跳舞；摩登之事，最好以摩登之式行之；爱是之道甚多，岂专在服装哉？不过，湖州绸商总希望大众用国货。席间又有人发起叫"老三""老四"等等，余因饮酒已多，且内子在旁催归，不及终局。

原载一九三五年一月六日《晶报》

幕前喜剧

幕前者,在某中学新近落成行揭幕礼之前也;喜剧者,趣事也,即西人之所谓"高密地"(comedy)也。

某中学设在沪西,为沪北资格最老,声名最大,同学最多,设备完全之大学之附中。大学校长系《道德经》撰人之后裔;附中主任,一多才多学之青年,与本篇作者同出该大学之门。今所述者,非大学之人物志,实幕前一喜剧,全无贬褒也。惟既名之为喜剧,则必有剧中人,为列如后:

(一)校长(年高德隆之华人,精于西文语,任揭幕礼之指导)

(二)揭幕者(省主席赵氏)

(三)小赵(同学之一,即赵主席之子)

是时离行揭幕礼之时间不远,赵氏与校长已到,惟来宾未齐,而小赵忽自外面入,而喜剧开始矣。剧之本身如下:

(甲)校长见小赵进来,即曰:"来,来,让我介绍一下。"

(乙)小赵走至校长前,全不作声。

(丙)赵主席微笑,静立不动。

(甲)校长指赵主席向小赵曰:"这是赵先生,省主席,今天来行揭幕礼。"又指小赵向主席曰:"这是密斯脱赵,功课很好,与您同姓。"

(乙)小赵仍不作声,亦不作任何行动。

(丙)赵主席亦不作任何举动,仍微笑。

（甲）校长继续言曰："你们见过么？"

（乙）小赵是时亦微笑。

（丙）赵主席答曰："他是买笋①。"

原载一九三五年一月十二日《晶报》

---

① 即"my son",意谓"我的儿子"。

聚餐会

聚餐会，无寿命极长者，多者举行十余次，少者三四次即消灭矣，此足见人之无恒也，惟沪上有一资格极老之聚餐会，其名曰"花晨社"。据云巢山人言，此社成立以来已经三十余年，中间虽有违背议规者，或自行告退者，然自始至今未尝中断，且最初发起之人，尚有存在者。云巢山人，浙江吴兴人，年六十七岁。云巢山人，非花晨社最年长之人也。该社年最长者，为补拙主轩主，七十三岁，上海人；年幼者有四十八岁之铿经主人，四十四岁之芸庐主人，四十二岁之天书屋主及爱庐主四君。

花晨社社规第三条云："每周准六时到社，七时入席。上过两次点心，方能告辞。如遇要事，准托知己代表，惟经述明理由。临时不到及无代表者，罚酒两席。"或者此即该社长寿之基乎？

余意嗜饮嗜食者，宜发起或加入聚餐会，因轮值之费不多，而享受独多也。惟每次所会见之人，绝少变动，无恒心者往往厌之。最好轮值十人，各人另请一生客，新朋旧友，各得其半，板笨之中，寓变化之意，聚餐之兴味必更浓厚也。花晨社社规第四条，准"招花侑觞"，可知该社社员非顽固之"老头子"也。其缘起用美雅之骈文作成，兹照录如后：

浮踪萍梗，草草天涯。过眼风光，忽忽世界。是以春风修禊，王内史逸兴流觞；月夜开樽，李供奉雅怀秉烛。此故名人韵事，益征前辈风流。仰企典型，足资模范；爱开鸥社，藉印鸿泥。或开东阁，访何逊之梅花；或造武陵，觅刘郎之桃实。接轮流之月珰，追隽永之文章。一酌壶觞，三更灯火。相依为命，愿稳护夫朱幡；有约不来，请罚依夫金谷。光绪二十七年次辛丑孟夏之月。花晨社同人谨订。

原载一九三五年一月二十三日《晶报》

五五会

五五会者,余与家兄拟发起之聚餐会也。定名五五,取会员五人,举行于星期五之意。简章六条,尚未经全体通过,兹先抄录于后,以便众览:

(一)宗旨:本会会员五人,皆谨守小饮不过量之宗旨。

(二)日期:每次于星期五举行,每三次后停止一次,一岁之废历首尾完全停止。

(三)轮值:本会会员,依年岁之长幼顺次作主人。作主人者,可另请特客一、二人,惟被邀之人,必为志同道合者。

(四)费用:每次费用,由本次作主人者担任,惟不得少于五元,亦不得超过十元。餐毕后,会决下次集合之处。

(五)告假:会员非遇重大事故,不得告假。告假接连在三次以上者,令其退出,另招新会员。

(六)告退:会员担任主人在三次以下者,不得告退。

原载一九三五年三月二十七日《晶报》

返湖记

余此次返湖，专为扫墓，即土语所称"上坟"是也。余家扫墓，本定春秋两次，后因无人主持"公堂"，又因余等四出谋生，竟有四、五年未往祖宗葬身之处一视如余者，明知管坟人偷斫树木等事，亦不能过问，诚不肖子孙也。近来政府主张公墓，意在节省土地，以为种植之用，且后世子孙可无坟地被卖之恐，余赞美之。

余今岁返湖扫墓，完全天良发现，不受外界任何逼迫。但颇觉上山翻岭之苦，知年老力衰，不及幼时远甚，倘以后再四、五年一往，则祖宗受我跪拜之次数，想已不多，而自己离死之日近矣。余为此言，并无怕死之意，阅此文者万万不可误会，而为我伤心也。余一生正直，不作欺人之事；工作虽忙，享受亦多，虽死亦何舍不得、放不下耶？

余于四月六日趁三时一刻车往杭，次日午后搭杭长汽车回湖。同行者为家嫂、内子及大二三四诸女也。长次两儿，一经商，一就学，未便请假，不能同往。火车拥挤之至，余购六票，而只占四位，路局欠我两位。二号查票员来时，余对彼作此半滑稽语，彼知吾意，向我一笑，余亦以一笑还之。归来时空位甚多，余等任意而坐，路局还我者，何止两位哉。

余等所乘之杭长公共汽车，适为一体小而不甚新者，震动之外，加以窗声，比飞机更响，使人难受。到湖后，非独骨痛股痛，且有耳聋肉碎之势，是以归来时，忍痛定雇"小包车"二辆（号码：

浙一八三三与一八一四），每辆单程二十元。据云，公路新章，每辆乘客不得超过四人，故余雇车二辆。又杭市出差汽车，暂时不准通行公路，未知然否。杭湖公路，以小河站查察最严。

沪杭车中，多操广东语之乘客，盖粤人好动且早染欧化，深明旅行之利益，不如湖州人之死守家园，至今始知出门之必要者可比。

车中人好阅小报，而不甚注重大报，意在消遣耳。大报按份出售，小报则按套出售，每套八、九种，价洋二角。本《晶》往往居首，想因资格最老之故。

车中遇一奇僧，听其言语，似为老于讼事，且操必胜之券者。此僧年约三十，而有病容，身穿黑色洋缎衲，识同车之"小伙子"五、六人，与内中之穿洋服者最亲近，常以右臂环其颈，目视前排之烫发女子。和尚目送女子，且似有所谈论。内子云："这个和尚，真是贼秃嘻嘻。"诚妙评也。

余在湖扫墓，不雇民船而租用碧湖（船名）汽油船，所以节省时间也。扫墓之暇，余等畅游城中最近筑成丁氏潘氏等园。丁园广大，内有树，有鱼有鸟，有奇石，有石佛，又有书画古玩，非雅人不能有此雅意也。潘园占地不多，惟其中黑白石子路，似非城中他处所有；又客室中女子画家任雨华之作品精极妙极，亦非常见之物。丁潘两园主人，招待极殷勤。在湖时，蒙亲友招饮多次，席间谈及好酒好色之某君，舍亲云，城中有一歌，专讥此君，歌曰："西门老者，年已七十，酒色胜人，无与伦匹。"此人姓氏，余当时未记，已忘之矣。湖人近又一歌云："十个男子，九男患痔；倘然无痔，割去卵子。"依余经验，此非通例也，因湖州男子，无痔者极多，而女子亦未必不患痔疾也。两歌为余幼时所未闻，或者其为民间最近之口头文学乎？此外，尚有一七言诗，辞太粗，不便写出。

　　余等经过杭市时,往返各在某饭店寄宿一夜。第一夜,即往湖之前夕,无意中于楼梯上遇见唐、宋两公。余问彼等房间号数,彼等不肯直言,盖因彼等有花有酒,不许外人加入"揩油"之故,或因余妻在旁,未便说明,亦未可知。然余则唐唐皇皇,全无虚心。带"太太"出门,亦有好处,不必"偷偷摸摸"也。

　　内子在灵隐烧香时,代余求得观音大士签第八十筶,甚佳,其辞曰:"立秋鳅跳水生冰,五谷丰登奏圣君,仓库满盈无乏少,家家安乐尽欢忻。"彼自得七十五筶,亦佳,其辞曰:"月牙印海似银钩,惊动鳌鱼急速游,月没钩收宁静海,鱼龙快乐意无愁。"

原载一九三五年四月十六日《晶报》

九六寿宴

本月八日午刻，两旦（震旦与复旦两大学）旧时同学，为九六老人马相伯先生祝寿，假海格路复旦中学设宴。到者有于右任、钱新之等数十人。于君演说，谓老人不老，三十年前与今日之状态全无差别，又谓老人好学，至今不倦，足为吾辈模范。老人答辞谓吾国固贫，但救国仍在读书，仍在研究科学，而不在崇拜财神也。

于君所赠之寿联云："世界名难并，中华道益光"，下款题："受业于右任恭祝"七字。

原载一九三五年五月十日《晶报》

游小上海

小上海，即无锡，所以有此绰号者，因该处工厂发达，几与申江相等之故。其实，无锡之美半在实业，半在风景。惠山不必说起，梅园、小箕山、鼋头渚一带，有超过西湖之势；依旅行者之目光而言，无锡应以"小杭州"称之，小上海一名，似辱之也。再过几年，再加以大规模之修筑，恐杭州则亦不能及，彼时吾人当以"小天堂"称之。

余等搭五月二十四日一点十分钟车往锡，二十六日十二点五十七分车回申，同往者四人：余与内子及次儿与其妇也。大儿经商，未便告假；大媳看家，又须照顾儿女，故不能同往。动身前半小时，余用电话通知"大板"，谓余等忽有游锡之举，一二日即返，陈生考试，务请设法云云。彼问曰，同往者"福"乎？余曰，无福之名，而有福之实。彼曰，不信；余曰，可往车站一送。

余等到锡后，客居新世界旅社，其"大老板"即曾在扬子任事而今分手者，系余家老亲，茶房人等皆知之，故招待愈加周到。开定房间后，即往公园一游，并在九老堂前饮茶。锡人称公园为公花园，多一花字，盖宜于土语耳。从公园出来，时已六下有半，吾等腹中大有饥意，即往聚商晚餐，菜价与申地相等，惟鱼虾较为新鲜；虽制法欠佳，亦极可口。餐后在路上闲荡，见一俄国"毕三"尾行人乞钱，而尾此俄丐者，则为无数本地儿童。内子胆小，不敢前行，遂归旅舍。十时半往听（大书）《宏碧缘》，极佳。

余等居二层楼之沿街房间，通夜人声车声不绝；天明后，往四乡之汽油船又时时大放回声，使人不得安睡。晨七时后，余尚有睡意而军乐之声又大作矣，起身观之，则有人送匾至惠公明医师处，经过其地也。

晨九时许，余等雇汽车先往梅园，后往小箕山之锦园午餐。下午一时渡湖至鼋头渚，其最高处有一洋房，名曰万方楼，主人之字曰"心如"，客厅上有胡汉民、邵元冲、蒋梦麟题句，又有孙科一联云：

神清骨秀无由俗，
红树青山合有诗。

孙氏手书对联不多见，故录于此。

在锡第二日之晚，忽有潘姓者来谒，自谓曾在某大学肄业，且为余之学生，余全然记不起来，惟彼所举诸事，统统合节，想不虚也。潘君能文，已有数种著作出版；与余约谈二小时，讨论文言、白话及各种读书问题，皆有趣味；但在旁之师母颇不耐烦，常作逐客之不笑容，潘君不知，仍鼓其好"琴"，余笑既不可，哭又不能，真难受也。

归来在火车中时，余谓内子曰："余拟作一无锡游记，惜无材料，倘汝有意见，请告我，我当代汝写出。"彼曰："容易，容易。无锡人善讲烂泥话，善造烂泥像。我们出了很大的车钱，把他们的烂泥搬到上海去，真是愚笨。你若以此为题，决定可以写成一篇包含经济问题的大文章。"余闻之，不觉狂笑，笑其诚也，笑其愚中带巧，巧中带愚也。无锡烂泥像，日新月异，旧时最著名之大阿福,目下已不多见,代之者有洋鬼子、狮子头、老虎头、电影名星等,价贵而质料不多,但旅行者无不乐于购买,可知其制造之巧也。余等此次赴锡,共购二十余件,费洋几十元。据友人云,烂泥"春宫"极精,余未购,因未见也,又未便探问也。

原载一九三五年五月三十日《晶报》

凉船中之一剧

本月十八夜，余与内子、儿女、媳妇等乘船纳凉，过高桥数分钟后，一西人忽奔至特等舱内与侍役理论，察其面色，听其言语，知已酒醉矣。西人反复责骂不已，然主要之句不外下译者："我要酒，你先不作声，后说没有，难道你不服务么？要瞌睡么？你是第几号？我将报告，且要登报……老鼠吃嫩牛舌（报名），叫你们的第一号来，与我讲话，以后我自己带酒来，不要你们的酒了，……你见东洋人的时候，常说谢谢，谢谢，见西洋人的时候，完全不理，不理……"

上述之末一话，大有拈酸之意。其实凉船者，官商协办，纯属营业性质，侍役皆受特别训练，素不歧视乘客。西人酒后之语，不可信也。余为此言，非谓凉船绝无改进之可能性，侍役中不免有骄慢怠惰者，然此亦中外大小各机关之通病，吾人决不可于管理较善之处，即以乌托邦视之，而求全责备也。

原载一九三五年七月二十二日《晶报》

吃鸭面

常闻人云"昆山鸭面极佳,不可不吃",余虽一岁数往,然疑其语为本地人之广告,或旅行人之吹牛,深恐受骗,未尝一试。今尝之,果然不差,从前之疑,自愚也,自欺也,以后当设法补足之。

此次赴昆,非专为汤清味美之鸭面而实有包胡夫人之寿面也。夫人系内子之姨母,能诗能画,曾留学东瀛;其夫通西文,习律北洋,早故。夫人年少守节,今孙已成人,曾孙满堂矣。其自述诗草,言一生甚详,余诵读多遍,并硬记数联,归申后一字不留,故不能引用于此。

寿面席上,余遇见者,有亲戚,有生人;有官员,有商人;有歪头,有凸肚;有小伙,有老头子;有本地人,有外省人;有静心念佛者,有高谈阔论者。酒席不多,而客类极多,可见包胡夫人为人之谦和且正大也。

内子云:"女客席上,有某前都督夫人。"余闻之问曰:"约多少年纪?"彼答曰:"约三十以内。"余曰:"民二时,某都督余曾遇见多次,今已年老,此三十以内之夫必属之'支店'者无疑。"内子曰:"你也开设支店么?共有几处?"余曰:"不必问我,要自己调查。"

在昆山时,得一疯犬咬伤方,内主要之药为生军、桃仁、地鳖虫等。欲得全方及说明者,可向昆山笑园包笑雄君索取。

此次在火车中,所见不多,然亦有一二事可述,如后:仆欧第九号之面相,颇似陈老板,惟皮色不白,腹部不凸,两耳太大,行走太快,此所以不役人而役于人,且不贵不富乎?二中年女子,自安亭下车,听其所操之音,决为福梅之同乡,其一口部特突,据余观察,必不生育也。凡女子口突,子息绝少,未知相书载之否;又一女子,面貌颇与国医章巨膺相同,发言观人之状,尤似之。章,武进人,决非其兄也。

原载一九三五年十月十一日《晶报》

头两日

头两日者，十月廿八及廿九也。余趁廿八日下午四时车来京，作此记时系廿九夜间十时，故以之为题。此次来京，不为游玩，实有公干，其性质如何，一时不便宣布，将来倘有机会当约略言之。

廿八日四时之车，蓝钢车也；头等二等，均分成小间而不为统间，故所见所闻之事不多，惟余等是日适有南京本地人四人同坐于一室中，高谈阔论，尚觉不大冷静。四人中之一人，体肥而发言沉浊，开车不久即歌曰"昨儿今朝道不同"，其友瘦而且长，随即言曰"新新那个兰英的确不差"，肥者硬操苏白曰"好格"，瘦者曰"有过交情了"，肥者骂曰"猪猡，小鬼（"鬼"音"鸡"）"。观此数人，皆为小商人，则所谓兰英者，想是淌白，而非正式堂子中人也；且新新二字，似指某大公司之屋顶而言。内子见彼等出言粗暴，问曰："他们是正经人么？"余曰："不必怕，有我在此保护你。"后余等在饭厅上晚餐时，彼等亦来，肥者头戴压发帽，扬扬得意，内子曰："不好了，你看那人头上。"余曰："并不足奇，你难道忘记了刘君海粟在谭君家口述某公使穿睡衣入海轮中餐室之故事么？"

车抵京站时，舍亲桂君来接。次晨八时往杨亲家处，午后往见某委员长。余之任务，大约一星期后开始。今日午晚两餐，在浣花与益州二处,前者之菜似较后者尤佳。明午有许君吃蟹之约,二时有灵谷寺之行,晚间某行长请食西菜,晨间有暇,拟与内子同往谒某院长及其夫人也。

原载一九三五年十一月二日《晶报》

千头万绪

（一）

在京两星期余，其间曾偷偷返申二日，往镇一日，所见所闻之事太多，"千头万绪"一时无法下笔，兹先将金山寺中壁上之打油诗一首录出，以博本《晶》同志之一笑。诗曰：

辞别鼓来辞别锣，

辞别诸天佛祖阿弥陀；

辞别佛祖归家去，

一心回家讨老婆。

诗虽不佳，然含意实深。余不怕罪辜，故录而传之。

镇江旅馆，以扬子、大华两家为最清洁，但侍候之周到反不及形式较旧之五洲。吾友某君出门，常在小客栈中开大房间，真智者也。人力车夫之坏，难以言语形容。金山寺之引导者，伴余等约一小时，约一元钞票给之，尚以为不足，可谓贪矣。

余在京所任之事，绝无秘密性质，确为正当公事。然于十二月十五以前，政府有禁令，不得将余等之名及余等之事告人，故在京开房间不用真姓名，且除至亲至友外，一概不应酬也。沪友问余所办何事，余常含糊答之，竟有疑我作冒险之行为者，误也。余文人，此次之事仍为动笔用墨者，全无危险性质，请诸亲友放心可也。京中《朝报》常攻击沪上某报"走火"之文字，亲友中为我危之，余曰"此走火不是那走火"，余在《晶报》所用之"走火"早已停止，且曾多次以启事告知大众矣，诸君不必为我危也。

京中太平之至，全无谣言，人人安于其业，建筑进行猛捷，饮食车价亦较前愈廉，人民俭朴如故。久居申江者，往彼处稍住数日，必觉舒服之至。余之工作尚未毕，年内至少必往一次或二次。

原载一九三五年十一月二十日《晶报》

（二）

京中谣言极少，笑话甚多，最奇者莫如某校女生之秘密小组织，凡属会员，誓不嫁穷夫而愿为官高禄厚之二夫人，此事之确否无从查考，阅本《晶》者当作滑稽故事看待可也。

余在京时，曾两次往总理陵及谭墓敬礼，顺便又往灵谷寺谒友。寺旁阵亡将士纪念塔极佳，余病足，不敢登。近寺之战画画室主任者粤人梁君，招持殷勤，余得见国民革命军攻惠州城之油画，大幸也；闻此画代价在三万元以上，未知确否。此外余往游者有第一公园及五洲公园，前者已落伍，几无人迹，后者正在建设，富有新派之游客。

南京之旧书肆，向皆开设于近夫子庙之状元境，现其中之有力者迁移至太平路营业，与商务中华为邻矣。彼等所发售者，旧书少而新书多，所谓新书者，一折八扣之书也。

原载一九三五年十一月二十二日《晶报》

（三）

一夕无事，余与内子同入一气象较佳者之门，正在东张西望之际，一伙友操扬州语和声招呼曰："先生里边请坐。"

余曰："不客气。"彼又问曰："先生欲购哪一种书？"余曰："小说及曲本之有图画者。"彼曰："有，有，我们有。"即以商务影印之《吴骚合编》示我，余曰："我要原刻的，不要翻印的。"彼曰："原刻有图之小说，南京早已绝迹了。"

在京时，余因某君之介，识一女友，此人能作西文诗，曾出一首，求余笔削。原诗如下：

He says, "Oh, yes, you're mine."

She says, "No, you're all mine."

（译云：他说："呀，真好，你是我的。"

她答曰："不对，你统统是我的。"）

诗之原文，分节明白，韵亦周到，且含意深，不必改削，已成完品，非普通大学文科毕业生所能作也。余当时既将此意告吾新友，并谓到申后当将其佳作登之《晶报》。《晶报》系吾新友每日必读之刊物也。

原载一九三五年十一月二十三日《晶报》

（四）

余本定今日（廿三）赴京，因第二次工作即将开始之故。但返申数日，白天清理积件，晚上应酬友朋，除每夜睡眠约七小时外，身心常在不安中，致头昏脑涨，声音哑嘎，势不得不休息数日而出门也。惟百忙中有喜事二：（一）佛人江雷纳之名著题曰《性行为之伦理》者（英译本）已到，打开一看，即见一妙事，谓阴人最不注重性具之健康，不论上中下各等人，皆不洗涤其性具也（原文见一九六页小注）。京报有称余专以劣辞译西洋"下流猥亵"之事者，上述数语得自名著，想系事实，当可免骂矣；（二）

本地书贾送来明刻本《女骚》一种，共九卷，内有精刻之图八面，白口本，半叶九行，行二十字，前有万历戊午赵时用序，此书《四库》不收不存，市上亦极罕见，系已购定，价四十元。兹录本卷二十六叶《翠翘》一则，以见本书之取材焉：

> 翠翘，金陵名妓也，素为进士左公所钟情，后左公之任越两载，翠翘以诗寄之，（诗曰）一点芳心尚未灰，哪知浪性效王魁，杨花有力随风舞，葵藿留心向日开，万斛愁肠凝画锦，两行珠泪湿香腮，几回漫把帘高卷，不见寻窠旧燕来。

原载一九三五年十一月二十五日《晶报》

（五）

余当再述上次在京时所遇之事。京中白牌出差汽车，旧者多而新者少，惟车价极廉，每小时两元，雇之拜客甚是合算。人力车讲铜子，价尤廉，但不宜走长路。汽车夫滥按喇叭继续不绝，使车内及车外人均有不能忍受"吃不消"之苦。

余在京中，遇一的的确确"吃不消"之事。某日某女士来谒，欲余开一英文小说书之书单，约廿种，旧者不要，全要新者。余最不注意近日出版之小说，脑中全无此类书籍之名称，告以实情，又不相信，只得敷衍之。常常考人者，此次被人考倒，真天报也。

原载一九三五年十一月二十六日《晶报》

（六）

余此刻（十一月廿六日夜十二时）已至京，且安然坐于馆舍中矣。昨晚津讯，谓暴民暴动，家中人恐道路不宁，有些微不许我出门之表示。余因有正事，不能顾虑，故毅然而来。

途中安静如常，一无险象。余乘四时蓝钢车，往北平之客甚夥，内一西人操北方语极佳，想亦往北平者。侍役多津人，听其发言，可以知之。

车未开时，在窗内望见同乡唐老老在月台上送行，余不敢与之招呼，因彼所送者，实一贵客，不宜使彼分心也。车中同坐者，有一倪姓男客，锡人，在济南经商，极称鲁政之善及主席之明，例如警察常常以好言劝人不入某国民所设之烟窟赌场是也。

同室中有女客三人。一摩登女子，身服黄毛大衣，甚活泼，观其步态，必精于跳舞者；又一女子，新派而非极摩登者，操上海土白，彼因要事返江阴原籍赶趁一点十分钟车，因人力车迟误，相差数分钟而不及，遂与送行女友在站中谈心而误四时蓝钢车，不料稍不小心，身旁皮夹为人换去，观其面色，知内藏货币不少也；又一女子，不新不旧，貌美而文雅，操扬州语，初不知其为何如人，后见其行李中有一大刀,始知其为女伶,且精武戏者。余归申时(二十八日八时早车),所见不及去时之妙,旁余坐者,系一粗俗不堪之商人,对面系一长面汉,其形容可怕之至。

后三排中有一洋装者,声音洪亮而喜与人谈,余闻数语云:"我带过兵,你看得出么?……我属于黄兴部下,我今年五十二岁。"余亦喜谈,惜是日车中太挤,座位相隔又远,无法与彼交换名片,且讲野话也。

余离京不及两星期,而局面已大变矣,悬于街中、书于布上之口号,上次所见者今已大半换去矣。此次所见口号,主要有两种:(一)防空,(二)盐政。防空口号,余录得者有二:(一)无防空即无国防,(二)要捍御外侮,必须设备防空。盐政口号有三:(一)要实行新盐法,(二)取缔劣盐,(三)恢复人民购盐自由。防空之要,人人知之,至于新旧盐法则持论不一,有谓旧法优而新法劣者,亦有谓新法优而旧法劣者。余不知盐法,不敢发至微之议论,惟知政府聘请专家研究多时,今决意实行新法,其中必有理由也。

余在京之工作,三分之二已毕,其余一分,半月后始可行之。

原载一九三五年十二月二日至四日《晶报》

"我是女人"

五月廿四，浙江文献展览会开始第一次会议。余因被聘为设计委员之一，搭廿三日三时车赴杭，内子同往。车未开前约十分钟，有少年妇人闯入头等之列车中，侍役虽不见其所购之票，似知其为三等车乘者，即向之云："三等车在后面。"女接口曰："谢谢，谢谢，我不识字，我实在不识字。我是女人。"妇人身穿素服，左臂抱一孩，右手提一包，活泼伶俐，不似下等人，亦不似不识字者，所以云"我是女人"者，虽明知冗泛，实欲人原谅一切耳。然三等乘客，道经头等二等列车，并不犯法，亦何必多此一语耶？盖出门人，不作男女，往往患临时神经病，发异常之言语，作异常之举动，旁人闻之见之，觉可笑也。

车抵西站时，有某部长上来，护送之警士为数不多，同时又来西装者一人，坐于余之对面，脸圆圆，留小须，颇极漂亮。余默问内子云："对面坐者，似电影明星何人？"内子未及回答而此人已起立招呼曰："君是否舟一三①先生？我们多年不见了！"老衰如余，尚有此种漂亮朋友向我招呼，真出于意料之外；且自己不认识人，待人来招呼后始知之，可笑可耻。招呼我者，边君也，名竹书，现任渤海化学工业公司上海经理。

到杭后，余等即往西湖饭店开房间。因为时尚早，先在湖边

---

① 系湖州土语"周越然"之谐音，作者另有笔名"九一三"亦是。

散步，后在某菜馆吃一元和菜。次早往图书馆开会，遇见许久未面之邵裴子、张梓生、莫叔未等君，又获得珍贵非卖品多种，如《浙江省立图书馆概况》一册，《新生活运动办法》六册。图书馆馆长陈训慈君，布雷先生之弟也，面貌颇似之，惟皮肤较白嫩。新生活运动常务干事陈贻荪君亦在座。二君在杭地位甚高，皆余初次相识之人。是日开会情形，详见廿五日杭州《东南日报》，兹不赘述。

杭州自新运实行后，更形整齐清洁之状。惟有一事不能不直陈者，西湖中之电杆也。湖中插木悬线，虽不剖分之为二，然已太"杀风景"矣。今又有近岸二杆已被风吹断，倒于湖上，其余五、六杆亦难免不断不倒。余意最好改用水底线；倘因费大，一时不能实行，亦应将已倒者从速修理之，否则必发生危险。

余等此次到杭，共住两全日，除开会访友外，尚有一足日之闲，赶紧或坐船或乘车去各胜地游玩。

在公园时，见方亭中有黄文中君题联云："水水山山，处处明明秀秀。晴晴雨雨，时时好好奇奇。"内子见之，佩服之至，称赏之至。余不善联语，不敢批评。又在楼外楼午餐时，见潘公君题诗，内"烈士英灵垂宇宙，文人慧业托湖山"一联，壮语也。

在楼外楼时，有身穿哔叽袍、头戴玳瑁镜者，慢步而来，其神气步态颇似酒友曹湘涛君。见余等后，彼面作笑容，向余等所坐之处而进。细细审视，知非曹君，故不与之招呼。此人实兜售航空券者。彼作毕生意后，即坐下与堂倌大谈国事，口口声声"老蒋老蒋"，口口声声"矮奴矮奴"，其言语颇多杭音，但常附嘉兴调，决非本地人也。

杭州话易听易学，然外路人无论如何讲得好，总要露马脚。舍亲某君，居杭二十余年，竟说"铜钿"为"龙脸"，真与本地人无别矣。

余等趁廿五日五时五十分车回申,因已预约木易亲家、五远先生、小辈"婆婆""发夫"小姐等于廿六在沧洲晚餐,不得不先一日归也。

念三日去杭时,车中发生之趣事甚多,余尚忆其一,追写于后。

世间最巧而最不幸者,莫如向他人借新衣、吃喜酒,而不到半日即染油迹是也。车中有类似之事,颇可发笑:一中年女子,新制一淡色单大衣,初因天热,无法穿上,后气候转冷,立即披之,不料茶役不慎,将茶杯打翻,沾满妇人之全身,妇人大发脾气,将大衣脱下丢去,其丈夫见之,责骂茶役,并欲抄其号数(似为二百十七号),茶役不得已大赔不是,妇默坐流泪,其丈夫劝之曰:"好了,好了,等干了再讲。他是赔不起的……",边君亦见此事,笑向余曰:"杀风景,真杀风景。"

原载一九三六年五月二十九日《晶报》

天天请客

余最嗜吃，故常常吃人，而亦常常请人吃。西阶先生之《说小吃》明白实用，余已剪下粘好，今后当以之为吃之宝鉴，既可多享，又能省钱也。

十一之夕，有人在某处请吃，来者非"钱人"即"牢穴"也。"钱人"系银行界之略语，"牢穴"（Lawyer）即法律界人之译音。席间因有年老面板者在，且因他种关系，全无说笑话之人。惟菜将毕时，有唐牢穴者（余至友也）忽引他人之言而言曰"若要自杀，天天请客"，座中二人颔首表示赞成之意。余恐惧之至，即向唐君言曰："对不起，请你快快收回引言，我最喜吃，倘然那个理论通行了，以后我不能请人吃，也没有人请我吃了，危险危险危险。同座中已经有二人点头，赞成你的意思。"

余之"嗜吃"，不是"生吞活咽"之意。其吃要辨味，要有方法，譬如吃鱼，要晓得何时应该吃何一部分。湖州人有食鲫鱼诀云"春头夏尾秋背脊，到了冬天吃肚皮"。闽人之"君子不吃翻身之鱼"，礼而非理也。

湖州人大概好吃，有每日非一猪蹄不饱者，亦有将鸡蛋或鸭蛋去黄，改塞虾仁；或将豆芽菜挖空，嵌入鸡肉丝，以为饭菜者。余最喜吃之饭菜，系三四月间已熟而未老之蚕豆，及七八月间之萝卜蔓加以自制之豆板酱也。

原载一九三六年九月十六日《晶报》

"乌都督……"（到杭州去）

"乌都督，乌都督，乌都督……"

上引者，系夜未尽天将明时之叫喊声，声长而阴，远闻之似为"乌都督"三字，实则招人搭船也。

余此次赴杭，在旅舍中寄宿一夜，次早即被"乌都督"唤醒。继以受训练者之脚声，又教官之口令，又脚踏车之玎玲，又汽车之喇叭，竟不能睡，一跃而起，成功一个浙江省早眠早起勤力之好公民，但本年中不过只此一夜一日，为可叹耳。

往来车中极空，大概因为谣言多，来者不敢来，往者不敢往耳。杭州市面似不甚佳，旅馆管事人，除深鞠躬外，乱喊"先生、先生，师母、师母"以表示欢迎欢迎之真诚。

余之赴杭，非为休息或游览也，专为送古本至本月廿六开幕之文献展览会也。余所送去之古书，共计十七种，内：（一）嘉靖元年《大统历》，（二）嘉靖廿八年《浙江乡试录》，（三）朱孝臧《湖州人物志》原稿本，（四）吴梅邨手抄《林公辅文集》，（五）陆心源手抄《三余集》，（六）明山阴祈氏澹生堂抄本《曹文贞公文集》，（七）《王际华日记》原稿本，（八）《姚弓斋日记》原稿本等等，皆海内外孤本也，亦珍奇之品也。

原载一九三六年十月十八日《晶报》

往返申杭

　　……余此次赴杭，专为参观文献展览会。该会布置极妥善，计分十二室：（一）稿本、校本、抄本、刻本，（二）选举文献、书院文献、档案、乡贤遗像等，（三）刻书文献、藏书文献、郡邑丛书、金石志、艺文志等，（四）浙江方志，（五）乡贤字画册页，（六）乡贤立轴手卷，（七）陶瓷等，（八）鼎剑砖等，（九）乡贤遗物，（十）吴越钱氏文献，（十一）革命文献，（十二）畲民文献。余所送去之书籍，有两种装于玻璃匣中，且置于人人必经之路口，极为荣耀，今后恐更有人以藏书家称我矣。档案中有杨乃武案，余未见，可惜。……在杭时购得《滕王阁》剧本四卷，价四元，甚为得意。……

原载一九三六年十一月十五日《晶报》

申湖间

江浙原来是一家，申湖间之交通本极便利也，由申赴湖，由湖来申，或水或陆，皆无不可。现有下列各路（申即上海，湖即湖州，今改称吴兴）：

（一）当日班：小火轮清早开驶，当晚间抵目的地。

（二）隔日班：小火轮拖一"公司"船，于正午启程，次日抵埠，迟早不定。

（三）锡湖班：旅客由申先乘火车至无锡，再乘轮船赴湖；或由湖先乘轮至锡，再乘火车来申，亦一日可到目的地。

（四）杭湖路：此即杭州与湖州间之汽车路也。旅客必加乘申杭间之火车。

（五）嘉湖路：此嘉兴与湖州间汽车路也。

（六）苏湖路：此苏州与湖州间之汽车路也。

昨日为嘉湖、苏湖、苏嘉各路补行通车礼之日，余因被请，与内子、大儿同往参加，六时半起身，洗面早餐后即乘火车至苏，在汽车公司茶点毕，即按号上特备之车赴湖，途经吴江、平望等处，均不停留，至震泽下车往公园午餐，抵湖约下午二时，茶点谈笑，休息多时后，仍乘车回苏。

火车抵苏站时，见有"欢迎王晓籁先生"之旗，又一小汽车亦贴有相同字样之纸，盖绍兴同乡预知王先生来苏参加典礼，故有此举也，王君亦在震泽午餐。午餐毕出公园时，余遇见宗兄健君，彼满面酒容,向我言曰:"好久不见了,嗄,你带一个女人呀!"余曰:"然,这是内人。"彼点头曰:"喔,周……周太太,我们同……同姓……"此一出滑稽小戏法,使余与内子忍笑而不能言。

六时抵苏,先在广州食品公司自费晚餐,后即乘人力车往杨府探病,见谱老已讲话如旧,不禁大喜,竟连吸自上海购来之雪茄两枝。苏州现在演习防空,大侄在建设局办事,日夜开会,筹备极忙,故未及见面。震泽午餐,约五十桌,公司中人招待极周到,菜亦甚佳。北京路湖社发行导游指南,欲往湖者,可往索之。

原载一九三六年十一月十七日《晶报》

大小两不料

十九日之夕，在广西路某菜馆四号晚餐。餐已毕而座中人健谈不休，题目总是东面太阳人。余急不可待，只得出来解除，不料在统间中遇见廿年未面之老友，即著名报人张季鸾先生也。张君系民初与余同时任中国公学教员者。回想当日天天同乘火车，同室预备，同桌饮食，同索欠薪，彼此皆少年人，担负尚轻，不知甘苦；今日我二人发皆灰白，阅世当然愈深，然弃之之日，想必愈近矣，噫！

无意中遇见一廿年未面之老友，而彼此一见虽面貌态度各有种种变化，即互相认识，互相呼名，诚不料之事也。但此"不料"，为小不料，是夕尚有一大不料之事，述之如后。

友人耳耐坤君，七年前因恋爱一寓上之女，与发妻离婚。女除黑膏外，别无所好，耐公尽力供给之，毫无怨言。近来因市面不景气，入不敷出，饮食虽不缺乏，而灯吸有不能兼顾之势，且耐君早已同化，日落始能起身，即欲营生，亦所不能。女恐黑白双饥，两星期前忽然飞去，自以为智力过人，于苦难未临之前，先脱离也。其实此乃不情之甚。耐君为汝牺牲发妻，牺牲金钱，汝应与彼甘苦同尝，非死不离。耐君告我汝出门之情形时，目中隐隐流泪，可知彼爱汝之心，今尚存在也。耐君知汝无第二爱人，知汝气量极大，汝阅余文后，细想前事，当速归家。上海多花言巧语者，教人为非作恶，汝烟瘾已深，将来决遇不到较耐君更佳者，更和蔼者。此多年常常访问汝家之余,劝汝之良言。

　　同夕又闻耐君之宗兄亦于三星期前飞走一女,又友人点水君、木子君、曲日君等,均各飞走一女。近来"侠"者何其多耶,但耐君之侠,不可飞走,因由感情同居也。他人之侠,均得飞走,因由金钱购买也。以金钱购买女人者,大都皆是老头子;因感情与女同居者,大都皆小伙子。小伙子之女人尚欲飞走,试问老头子之女人,则应如何?

　　耐君又告余云:"六年之中,除最初半年外,我们二人分床而睡。"余问何故,彼答曰:"因彼时时喊腹痛,身体不健之故。延医诊断,又说无病……"余曰:"得了,得了,君性太懒,所以飞也。最初喊痛,当是要求安慰之暗示,非真患病也。"

　　　　　　　　　原载一九三六年十一月二十一日《晶报》

"男姓程……"

"男姓程"三字，系苏主席陈公贺其甥结婚之辞之第一句也。原句写于一普通信笺上，余因亲戚关系，在新郎手中一见，后得其允许，抄录全文如下：

男姓程，女姓汪；
夫为世杰，妇德贤方。
在家则循规蹈矩，外出则念祖思亲。
孝道不忘，好一对夫妇，和合百年健康。

内"世杰""念祖"皆新郎名也，又"方""蹈矩"皆新娘名也。四十三字中含姓名九字，读之多趣味而又成自然之调，可谓巧矣。新郎程世杰，原籍江西，现居杭州；新娘汪方，原籍吴兴，现居申江。作伐者，周越然、陈霭士也。陈君为新郎之舅公，曾亲笔书一喜联，余于新房中见之。联云："南国早春红豆种，西湖圆月绿波光。"写作俱佳，难得遇见者也。

余此次赴杭，专为程汪两府喜事，来往共计四天，可记之事极多，兹择要简述于后。

余与内子于廿九日下午赴杭，通车到沪略迟，在月台上等待时，见乘客中无熟识者，不料上车后即有一西装少年向余点首，不知何人，岂"老眼弥花"乎，抑记忆不强耶？少年伴一老妇，非母亲，即岳母也。车中又遇见六年未面之陈佑华君。陈君任事中央政治学校，请假赴杭省亲也。复次，在余之对面座中一男一女，男者似为小商人，女者似为向导员。皆操上海普通话。女者时时问："要到么？要到么？"男者曰："尚未，尚未。"女者要男者想消遣之法，两人遂决定猜铜元之字背，后改变宗旨，作断坑吃屎之戏，胜负似乎平均。其实玩此戏之挑担者，万无得胜之理，余儿时已得其秘诀，惜是日无机会，未便说穿也。

　　回申之日（一日），车中极空，与余等同一列车者，只十二人。过艮山门站，第廿二排座位中忽然少去一女性乘客，过嘉兴后尚不回来，对面之男客似为其夫，安若无事，全不查问，余正疑其愚笨无情也，而女子出现矣，盖女子身体小，天寒欲睡，将全身裹入悬挂于钩上之皮大衣中，余目光不好，不见人，只见大衣也。可笑可笑。

　　最可笑者，莫如余往杭时，厕门口之小滑稽也。一中年女子，在厕自济，门虽关而扣未上，余不知内中有人，推门而入，是时女子正用草纸，急向开门之我一看，我亦对彼一看，两人皆不作声，但两人皆无"面子"。余今敬告乘车众男女，凡自行方便时，必将门扣紧上，否则大家难为情。现今车上发售之茶叶，每袋分上下两截，乘客可先用一半，过相当之路程后，再用剩下之一半。此事虽小，用心极巧，实一大改进也。

　　余回申时，见一西装中年，用旧时女子所用之眉钳大拔其下巴之须。倘彼试验成功，则舶来品之平安刀片可以无用矣，因眉钳至多值洋一角，至少可用三月；刀片每月至少半打，值洋九角。倘此中年人适为本《晶》之阅者，请于见此文后，将其眉钳拔须之试验结果报告大众，千乞不吝赐教。

　　廿九日之晚，余曾至程府"闹房"，同往者有善于犬吠声之王律师及主计处长陈先生也。陈先生引用一旧上联,欲新郎新娘作下联,并云:"倘然对不出,闹房众宾客,全体不散",上联云:"大大学生,加两点,成太太"。后来陈先生见大家已经闹到九分之九,闹足十分,未免过度,遂自打闲场,将下联说出云:"可可糖果,含四口,叫哥哥"。起初以为下联平常,后细细一想,实在极妙:新郎新娘本止二口,云"四口",其余两口,可以知矣。

原载一九三六年十二月五日《晶报》

酒馆消息

三日夕，与家兄及至友三人饭酒谈心，地点系四马路之高长兴。高长兴因豫丰泰停业，生意似觉更好，当蟹上市时，几几乎天天无空座，每只之价总在四角以上，较大较足者，非七角不可，而食之者不绝，可见上海人有钱，不是全然为蟹味美也。余友李某，请人吃蟹，主客共八人，有吃三只者，亦有吃两只者，后来算账一共五十六元余，内中当然包括菜、酒、局、茶等等，然亦可谓"小吃大会钞"。高长兴不自制菜，代客叫菜，常加一、二成，口票上还要"堂彩"，故不论如何省节，五六人共饮，非有十元难出门也。其他热酒店，如王宝和、童宝泰、毛长顺等座太坏，酒则有时较佳。豫丰泰不久即可重开，闻将由王宝和之主人接办云。

三日夕之高长兴，闹极闹极。二楼可称满座，居中一圆桌人最多，声音最响，叫堂唱独多，饮酒亦似不少，有人谓彼等前一夕演全武行，是时适在"拉台子"，未知确否。

向导社，近来已大大衰败，但三日夕来高长兴兜生意者尚有多家。余坐谈坐饮二小时，共得广告拾纸。广告有单叶，有双叶；有白色，有彩色，其名如下：（一）华华导舞社，（二）花来舞导社，（三）沪江伴（授）舞联谊社，（四）乐乡向导社，（五）乐路服务社，（六）桃源向导社，（七）香港舞导社，（八）能盘混向导社，（九）三星歌舞社，（十）大上海向导社。

讲到向导社女子，有几个倒是极大方，极美丽。不过余从未叫过,因为我是畏怕之故。余之友人某君,曾与一导社女子数度开房间,每次给十元,后来此女打电话去说,她的身体完全属他的了,她每天非有十元不可,否则她要到他所工作的公司里去,告诉他的经理先生,和他大闹,闹到他停生意……。余之畏导女也,就是恐彼等以"小姐"之身份打电话来谈长天,纠缠勿清,或者竟投法院告遗弃亦有可能。

余尚有附带可喜之事奉告诸君,即刘"老老"与俞秀文仍爱好如初也。刘年七十余,操首都语,几几乎每日到高长兴。刘来后,俞必来同桌饮食。近日俞男装,头戴乌绒帽。咋晚与余同桌之朱君见彼来,即向余曰"看,看那是一个相公",余笑而应曰"没柄的",朱又曰"不是么",余曰"猜着了"。

原载一九三七年二月五日《晶报》

吴中文献

余与内子，二十四日往苏，参观举行于沧浪亭对面可园之吴中文献展览会。前夕不能安睡，忽想到人至五十以上，总觉已作诸事大都错误，未成之事难保不差；亲族朋友，或散处，或死亡，找不到闲谈之知己；书籍报纸，或太腐，或过新，鲜遇见有用之作品；年岁较轻者，明呼汝老伯，暗视汝为"蔬菜"[①]；年岁相若者，非……，即……；至此，不敢再睡，即起身工作，尚觉不倦，因年老人血衰，缺睡无妨，不作失眠症论。次日下午四时动身，到苏后先往新苏开房间，后打电话，后有富绅兼画家彭恭甫君邀去晚餐，后有大侄（任建设局科长）接去讲谈，后有杨府诸小辈同作投圈之戏，……总之，忙极忙极，乐极乐极。

彭府房屋极大，至少有七进，每进有相当之摆设，相当之布置。新者有火炉电器，旧者有古玩书画。内子默谓余曰"大极了，上海小的里还及不到此屋的大"，余戏答曰"这里是苏州的哈同花园呀！"彭府临时预备之菜，较正式席面上者更加可口，余除饮酒食菜外，又吃饭两大碗，想男女仆人中必有笑我为饭桶者。

次早往展览会，场所不及浙江之大，然陈列之品皆极精者，如《葵园集》、毛校《吴中纪闻》、洪武《苏州府志》、张士诚天佑古泉、仇十洲白描观音、石达开告示、王雅宜手抄《南华经》

[①] 吴地隐语，意指不中用、不管用。

等是也。潘氏一家文献室中陈列之品，有世人所未见者，但因人挤，又因时已近午，未及细观。在会中时，遇见徐积余君、李拔可君、张伯岸君、潘北山君、朱慰元君、蒋吟秋君、杨八小姐、陈子清君。陈君赠我纪念章一枚（第三十一号），其古雅可爱。陈潘两君，邀余晚餐，余因内子欲趁八时快车回申，不得已而力辞之。

余与内子，不到虎丘几二十年，故午餐后即雇车而往，进断梁殿后先至试剑石相近之处一坐，后又谒真娘墓，末穿过双吊桶之石桥而到冷香阁饮茶，并购玳玳花干、玫瑰花干等物。冷香阁系近年费仲深、吴荫培、汪鼎等君集资所建，风景极佳，可以遥望太湖。在阁上时，无意中遇见多年未见之蒋竹庄（维乔）老先生，亦来苏参加吴中文献展览会也。自虎丘下来，天色尚早，遂决意往西园与留园两处。

西园全无游客，已达颓废之极点，沿池之双亭已倒，只留石脚而已；正厅及居中之六角亭尚存，惟玻璃已破，多用旧报纸糊塞，与余昔日居苏时之情形，大大差异矣。正欲作一诗以吊之，抬头见壁上已有一首，起始两句尚好，末后两句太不合格，他日非自作不可。壁上之诗云："久闻西园名，未见西园影；今日到临头，抱了失望心。"上引之诗，实非壁上最劣者。另有两首，较此更歪，抄录如下：（一）"由锡到苏来游玩，先到阊门合观前；总仓库里生活作，又到西园合留园。"（二）"姑苏城外逢立春，聊作数言寄家人；一年又过一年去，风景依然与前同。"除此两首最不雅者外，尚有一首，共五句（中间一句可省），含意极多，惜原作者无辞以达之，兹誊录如下："投军一载余，离了枕边花，日夜梦见她，此地生好女，无钱莫想她。"原作者必为军人，家中有妻，彼爱好之，想欲解渴，鞭长不及，而可及者，又皆营业之人，警察局有相当之定价者也。余意此人若不趁早告假还乡一次，不久必患相思病无疑，倘大战，适于斯时发生，彼亦难能致力于攻守也。因性欲者，人人所有，较衣食住更重，士兵虽日受剧烈之训练，然亦不能免此，患性病者，有气无力，决不能作攻击或防守之工作也。

西园门票，每人铜元二十枚，强横者得免费。余与内子照付而入，惟觉得太贵，因无物可观也。留园门票每人一角，亦似不值，因旧景虽在，全无新盛气象也。西隔壁之佛庙兴旺如旧，余等亦进去环走一周。

来往车上所见不多，惟亦有可记之事。一体肥之妇，年约四十左右，面满涂白粉，貌极平庸，将到苏站时自匣中取出洋式阔边大帽（真正舶来品），戴之头上，察其举动，似甚得意，其实怕极丑极。奉劝吾国女同胞，万不戴西帽，一因身材不相称，反能减少天然之美；二因人之摩登，全不在此也。白面西帽之肥妇，共带大箱小匣、布包皮夹等，约二十件，又老丈夫一名，女仆二人。在车上又有扬州"绅士"一人，练习牧师一人，皆想尽方法欲独占双位之人也。余出门时，总见到此类不肯行方便者。人生在世，尚是暂局，乘车可谓暂中之暂，何必如此贪耶？余意彼等所得之安适，决难偿彼等所用之心机也。

原载一九三七年二月二十八日《晶报》

西会一瞥

下述新闻,似乎陈旧,然实含有永久性之兴味也。

余之赴西人纳税人年会,被邀而为旁听者也,故座位在花楼最中最前一排;汽车上有巡捕房送来之通行证,故来往亦极荣耀。当时所闻所见,有下面三事:

(一)旁我坐者,一精通西语之华籍少妇也,彼常常与其同来之男子谈笑。通过加捐一案时,彼随西人狂然拍手,不知何意。

(二)当日提案者,总是居中之人,而附议者,又每为旁坐之某人,其他西董都不开口。复次,某纳税西人上台"发神经"时,有拍手者,有大笑者,反对耶,抑赞成耶,余全不明白。

(三)余在楼上向下望去,发全者极少,秃顶者甚多。近来本《晶》大雄先生亦采西方之时髦,大秃其顶,余曾以秘术授彼,可免秃顶之不美观,即每晨出门时,向修马路之工人索些柏油涂在头上是也。小英说我有意侮辱,其实我是好意,且"方子"是来自某书本,非杜撰也。西人发黄,不宜用柏油,最好用烟辣。

原载一九三七年四月十七日《晶报》

西始西终

此次往无锡,来去车中均听到西洋外国话,故本篇以"西始西终"为题。

余与内子出门,其实志不在洋语,而在美景也。离申地近而美景多者,首推京杭,但因限于时间,所以吾二人择定小上海,即大无锡。无锡天然景致既富而美,而新式建筑又日兴不已,再过十年,恐浙之西湖亦不能及矣。

余等搭二十二日下午四时车往锡,对座有一外国海军军官及其华籍爱人"韩师妹"也。二人滔滔不绝,专用英语谈秘事,以为年老人如余等,全无摩登气,必不通晓外国话也。实则余夫妇二人,既不能不听,又不能不懂,惟勉强忍笑,觉得肉麻之至,难过之至,此即本篇题中所指之"西始"。

"西终"者,指刘夫人与其中西友人之对话也。刘博士与其夫人同往无锡演讲,归来时有许多人送行,闲谈皆用纯熟英语。归来之车系星期日下午七点十分者。

星期六之夜,余二人开新世界四十九号房间,老板张君即"二少爷",系余家老亲,故招待更加周到。次日本拟往宜兴,后因天气不佳,又因汽车无着,临时改变方针,雇人力车而往蠡园、渔庄、鼋头渚、锦园(即小箕山)、梅园、惠泉山等处。

蠡园与渔庄,入门必须购票,每客洋五分。其他各处均不要钱。蠡园系王姓所造,渔庄系陈姓之产。据云,两姓至亲,一为内兄,一为妹夫,未知然否。在蠡园时见壁上有一七言诗云:"三人巧遇到此游,桃红柳绿是胜地;可惜阴雨绵绵急,只得闷气转回头。"诗下有朱友能、朱雨泉、袁士香具名,可知所谓"三人"者,即此三人也。三人合作一诗，平叶不调，而又失韵，古典式之韵文真不易为也。余等出渔庄后，人力车经过新建之长桥时，闻河中舟子高声而歌，仔细听之，其文似为"爱、爱、爱兮，你爱我来我爱你，早相见呀，夕又相遇，一日也难分离，爱、爱、爱兮"。

鼋头渚后门口有饭馆二，一老一新。车夫谓老者菜佳价廉，其实不尽然。菜佳而价廉者，无锡之老聚丰也。鼋头渚之游人极众，除吾国种种男女外，余等又遇见黄毛十余名，又男女大小"阿媛笃"①几三十名，后者有警察随时随地保护。自鼋头渚摆渡至小箕山，渡船虽老式，但因是日风平浪静，颇觉舒适。汽船人多，反为不美。

锦园梅园，依然如故，无新建设，但旧有者已极可观，只要好好保存而已。惠山太陈腐，应大大整理。锡地绅士所以不进行者，恐另有理由，非不知也，非不见也。

星期日（即廿三日），无锡出迎神大赛会，余等未见全体，因在鼋头渚居留太久，归来略迟，赶不上，可惜之至。

往时，遇见老友周振宏君，归来时遇见中国书店金老板，均与余隔座闲谈，加以"韩师妹"之情话、刘博士之教育，余二人在车中觉得时间极短，且不寂寞也。

原载一九三七年五月二十七日《晶报》

---

① 吴语，又作"阿媛"，"阿囡"，系长辈对小辈（多指女孩）的昵称。

海上书市

上海售古书者，向以大庆里之中国书店，三马路之来青阁、谭隐庐、富晋书店，四马路之汉文渊、受古书店为最著。"八·一三"之后，各店或暗停交易，或转租门面，或拆去电话，或外出摆摊，其种种衰落情形，难以言语形容。但同时有新开之铺二：（一）鲁殿书社，在西摩路安凯第商场，（二）传新书店，在四马路一家春楼下。鲁殿系"中国"之分支，传新即昔日之"二酉"。鲁殿印有书目，以明清善本为号召，余曾往访多次；传新则新旧杂陈，以多收速售为宗旨，故顾客日夜拥挤。近日南京路哈同大厦，又有所谓中华书画市场者，数家合办，非一家独设，实临时摆摊之大者也。

战时书摊，以法界霞飞路、英界河南路为最多。英界已由捕房干涉，全消灭矣。去岁九十月间，各摊开始之时，其所售者大半皆良友之出版物，后来沪西南市开放，则四部丛刊、百衲本廿四史、四部备要等等亦随处发现。闻此类书本之进价，每册不过五分至七分，售价亦不过一角至一角半；西书每册至多五角。封面破损者，或多日无人问价者，法币一元可购五六册。倘有人以千元办一图书馆，五百元购中籍至少可得五千册；五百元购西书，至少可得二千册。重要之科学文学，经史子集，无不备矣。惜目今时局艰难，衣食住尚不周全，无人顾及此事也。有谓租界上进出书籍，其价并不低廉，徐汇、浦东等地，法币一元可购中西书四十斤，不知确否。若果如是，可见书之真不值钱。

书不值钱，实不起于"八·一三"，战前书业早已干枯矣。一因好货来源稀少，所进之书不含"你抢我夺"之性质，非顾客所欲；二因价格日低，旧时之货不能照原价脱售，何况赚钱？所以许多书铺，除锦文堂早已改售翻版西书外，其他如忠厚（与佩文斋合在一处）、积学、树仁、文汇等，莫不收售"一折八扣"之新书，赚钱虽少，倒能稳销，封面"美丽"可代装饰也。

古书铺失败，尚有一大原因，即不善招待，无术兜售是也。余日前在某铺闻得顾客与店伙之对话，并以证明此事，兹记之如下：

（顾客）生意好么？

（店伙）不好。

（顾客）有新到的书么？

（店伙）没有。

（顾客）你们有《春秋繁露》么？

（店伙）没有。

（顾客）词曲书有么？

（店伙）也没有。

（顾客）请不招待，让我自己随便在架上看看。

（店伙）那些书有什么看头？你都有了。

但古书店中，非全无招待之人者，"中国"之郭石麒君，"传新"之徐绍樵君，皆有工夫之人也。

最末，爱多亚路近有书摊十余处，中西兼售，惜乏佳本。又大世界旁之"污"书摊，存而陈列者，不及二月前三分之一，似以改售日报为目的矣。

原载一九三八年四月二十一日《晶报》

酒市不衰

余不入热酒店,一月余矣。昨晚某公因欲与人谈话,预先约定在高长兴饮酒,邀余作伴作陪。余虽性不好酒,不得不同往也。

余不好酒,但能饮酒,并能辨酒之年岁、味之优劣。余之不好酒,有许多证据:(一)家中不备酒,(二)见酒可以不饮,(三)三个月或半年以上不饮酒,亦不想及之。惟余酒量不小,不饮则已,一饮非二三斤不可;当自称海量者胡言乱语时,无所无不为时,东倒西歪时,或吐或逃时,余尚安然无事,不酩酊也。

余昨晚入高长兴时,约在六点半左右,天色尚明,而楼下统间之座已满;三楼声音甚响,想已有客;二楼酒客不多,只有三四桌。半小时后,举目一望则已无空座矣。是时,向导社(亦称伴舞社)之阳性掮客渐渐上场,按桌分发传单,出示照相,口称"第某号顶好,我能介绍"。一体瘦身长者来兜拦时,余告之曰:"现在我还没有吃醉,等我吃醉了你再来罢。"此外尚有二掮客,皆小孩也,一面肥,绰号"神经病";一瘦细,其名不知。余呼肥者曰:"小乌鸡,来,来!"彼问曰:"什么事?"余曰:"叫你的姐姐来。"彼曰:"我的姐姐已经死了。"余曰:"那末我当守节,不再叫向导了。"面瘦之小孩来兜生意时,余友弗贝君暗暗在彼背上贴一龟形之纸片(即以传单改化者),其色淡红。

众酒客见之，莫不狂拍其手。惜胶轻纸重，中途坠落，得不到全堂彩也。

后来又有阴性掮客，及向导本人发传单，皆不讲话，并皆自避其面，畏羞乎？抑藏丑耶？

向导社虽有许多掮客在高长兴兜搭，然营业并不甚佳，二楼不过三人，楼下统间不过二人，走上三层楼者似有七八人，实数不知。向导传单之纸张尺寸微小，昨晚接得者，有三张极大，高约四英寸半，广约八英寸。

余等昨晚每人饮酒五壶六壶不等。在座五人均觉清醒异常，有不满意。但过量之酒不可饮，饮者伤身伤性，故停止，各自返家。因为时极早，唱娘如爱宝等，尚未到也。

归来时，在车中闻得三马路及静安寺路之某某菜馆，楼上猜拳之声甚大，可见近来饮酒者，不专往热酒店也。又友人某君云，王宝和楼上小间，花与酒并备，天天客满；童宝泰从前不代客叫条子，现在因为营业较他家略差，也逐渐改良了，其对门某君谓每晚至少有六七女子应召上楼。依此，则热酒店之酒客，其志又不在酒矣。其他热酒店，如毛长顺、马上候、善元泰等等，想仍老老实实，坚守其不卖热菜、不叫堂差之宗旨，销售其新陈真假之各类"绍"酒也。他日余将一一巡礼之。

最末，余当补记一事。上次（约六星期前）余等在高长兴时，有售糖果之某妇，硬欲舍亲木易君购花生米一纸袋，其时木易已醉，问曰："价钿多少？"女子答曰："一角大洋。"木易曰："我答应买一袋，不过，不过我要香你一次面孔。"女子不声不响，带笑而以自己之脸来就。当时余高声曰"买花生米，可以香面，倘要亲嘴，应买什么？"六星期未见，此女子已腹便便将分娩矣；再过几时，可以分赠红蛋，或竟发售，亦无不可；倘赶得上端午节，最好改卖咸鸭蛋，而以握手为礼节，为赠品。

原载一九三八年五月十五日《晶报》

阿　祥

阿祥，绍县人，王宝和之酒保也。体肥而不高，面带笑容；客人有所吩咐，彼不作反对之色，亦不发反对之辞，和气之至，客气之至。星期日之晚，余巡礼至王宝和，同往有家兄、内子、次侄、大侄婿及长次两儿。

是晚，余兄弟二人，只饮太雕二瓶，不敢尽兴。其余诸人，酒量浅狭，皆不多饮，虽阿祥随时侍立，带斟带劝，彼等全不还"面子"。吸收力小者，无可如何也。

阿祥年约四十，有六种本领：（一）面现笑容，（二）言语柔顺，（三）称呼响亮，（四）一叫即应，（五）服侍周到，（六）肯自责备。酒保之具此六者，不常遇到，而阿祥又能见机而作，不呆立取厌，有问必答，不滥报新闻，可称热酒界中之全才矣。余与之相识大概在豫丰泰西迁之前，至少十年，余每次所给小账，自信较给他人者为多，但阿祥待我真诚，不在金钱，而在感情也。

阿祥目光亦佳。内子未曾进过南移之王宝和，而前次与余同往豫丰泰吃蟹，离今已一年有半；前晚阿祥见之，立时叫得出"二太太"，非精明之酒保，不能如此。

星期日之晚，王宝和花事极盛，几乎无室无女。娼妓乎？社女乎？未曾细查，不敢决定。但向导掮客极多，皆面露笑容而不"发极"①，可知其营业佳也。余是晚共得传单三十余张；前在高长兴所得者，不到二十张。现今之王宝和仍豫丰泰之旧惯，自备热菜，酒客不必向外面"喊叫"，惟零点不贱，以吃和菜为最合算。与阿祥最熟者，可先问明本日有何好菜，再托其去厨房内关照好手下锅，则无不美妙。

王宝和楼下统间内，酒客不多，且向导女全无。高长兴楼下客最多，且到得最早，六点时已有尽多碗者。此种人，余只能以"急酒儿"名之。王宝和罕有急酒儿，但室室有女，大半是临时召来者，岂其酒客皆"急色儿"乎？

最末，阿祥声音尖亮，其言语全是绍白，毫无申气，自称己名，颇近"阿强"二字。阿祥上菜斟酒，手略震颤，想是多饮之故。

原载一九三八年五月二十日《晶报》

---

① 呈语，即着急。

编后小记

金小明

民国时期著名的藏书家、编译家、散文家周越然（1885—1962），在沉寂了半个多世纪以后，那些记录与折射了他在文化启蒙、传播、教育等方面事功与心迹的文字作品，日益受到人们的关注。作为上海沦陷时期一位具有社会影响的重要作家和不无争议的文化人物，周氏的集内、集外作品，更已进入了探寻者、研究者的视野。

周越然于中、西文化浸淫日久，涉猎甚广，撰述亦丰，不少文字在他生前未及汇订成集，曾使后人有"文字飘零谁为拾"之叹。系统、细致地搜集、挖掘、整理相关的材料和文本，仍然是一项不可或缺的基础性工作。为此，王稼句先生委托我将周氏的主要集外中文作品，分类编辑，汇成《修身小集》《文史杂录》《婚育续编》《风俗随谈》《旧籍丛话》数集，与修订重刊的《情性故事集》《性知性识》《书书书》《六十回忆》《版本与书籍》等，一并纳入他与陈子善先生共同主编的《周越然作品系列》梓行，力图对周氏佚文的整理工作，作一个阶段性的回顾与总结。

《风俗随谈》，主要收录周越然于1933年至1940年间，发表在《晶报》上的社会风俗随笔与时事报道，共计一百七十一篇。除署以本名外，大多标署"走火""州亚""九一三""舟二""义舟"

等笔名。现大致分为四辑：一是《中土风习》，以讲述乡邦习语、旧俗、传说等为主，大多源于作者回忆、耳食及自藏稿本；二是《殊方风月》，收入外邦妓业报道、花界趣闻和惯用语汇，借以"窥探"这一古老行当的一点隐情；三是《世间风景》，杂录作者编发的一些书讯、简报、奇闻、答问，以及他偏爱的语词小考；四是《游宴风味》，则集以作者自述游历、宴饮、聚会等社交活动及感受的通讯、随笔。上述文字，大多随性而为，不脱小报"游戏笔墨"的趣味，也不无谬误、佻薄，但对于了解旧时社会风习，尚有一定的历史参考价值。今人自当有所鉴察。

英国性学家霭理斯认为："娼妓的兴起和演变的历史使我们看到，娼妓不是我们婚姻制度的无妄之灾，而是与婚姻制度的其他种种主要成分共存的主要成分之一。"（《性与社会》，商务印书馆2016年6月版）周氏当年编汇指导婚恋生活的《性知性识》一书，将几篇谈娼妓问题的小品文也收录其中，大概更多也是着眼于两种制度在社会学上的关联。因之，本集第二辑的内容，如果纳入《婚育续编》，也是可以的。

在编订方面，编者对原版明显的笔误与印误，径行改正，不另出校记；对需要适当解释、说明的风习、俗语、旧译等，酌加注语；对当年习用的标点符号、通假字及具有作者行文风格的语文现象，一般并不按现行标准求得统一，以保持历史原貌。

周炳辉先生对编订工作多有助益，谨此致谢。

           2017年2月9日 识于金陵心远斋